AF369484

REVUE ALSACIENNE ILLUSTRÉE, STRASBOURG

CATALOGUE

DE

L'IMPORTANTE COLLECTION D'ESTAMPES

(gravures à l'eau forte et en couleurs, portraits, vues, alsatiques, etc...)

de feu M. Alfred Ritleng, notaire à Strasbourg

dont la vente aux enchères aura lieu

le 27 avril 1908 et les jours suivants, de 9 h. $\frac{1}{2}$ à midi
et de 2 h. $\frac{1}{2}$ à six heures

à l'Hôtel de l'Union, 8, quai Kellermann, à Strasbourg
dans la Salle dite des Colonnes (Ier étage)
par le ministère de Me Adolphe RIFF.

Katalog

der reichhaltigen Sammlung von Stichen

(Kupferstiche, Lithographien, Farbstiche, Portraits, Ansichten etc...)

aus dem Nachlass des Herrn Alfred Ritleng
weil. Notar in Strassburg

welche am 27. April 1908 und an den folgenden Tagen
von 9$\frac{1}{2}$ bis 12 Uhr und von 2$\frac{1}{2}$ bis 6 Uhr

im Säulensaal des I. Stockes des Union-Hotels
Kellermannstaden 8, in Strassburg, zur Versteigerung gelangt.
Notar: Justizrat Adolf RIFF.

Ce catalogue a été dressé par feu M. Adolphe SEYBOTH, directeur
du Musée des Beaux-Arts de la Ville de Strasbourg.

MUSÉE ALSACIEN à STRASBOURG

23, Quai Saint-Nicolas, 23

LES IMAGES DU MUSÉE ALSACIEN

Publication périodique

ont pour objet la reproduction, par l'image, de l'art et de la tradition populaires de l'Alsace

Prix d'abonnement annuel :

M. 10 pour Strasbourg
M. 12 pour le pays et l'étranger,
tous frais compris

La poupée alsacienne

Le Musée Alsacien a créé une poupée alsacienne dont le costume est la reproduction fidèle, jusque dans ses moindres détails, du vêtement traditionnel des paysannes d'Alsace.

La taille en est de 45 cm ; les pieds et les bras sont articulés, la tête est en porcelaine avec des yeux mobiles, les cheveux coiffés en bandeaux, sont blonds ou bruns. Toutes les parties du costume peuvent être enlevées et remises à volonté.

Cette poupée est non seulement un jouet charmant, mais encore un document précieux pour l'histoire du costume et peut servir de type et de modèle.

Habillée par des couturières de village, elle offre une miniature du costume de la paysanne.

En vente dans nos bureaux, 23, quai Saint-Nicolas, à Strasbourg, **au prix de 25 marcs (port en sus).**

Alsass. Druck. vorm. G. Fischbach, Strassburg.

CONDITIONS DE LA VENTE.

1. La vente aura lieu le 27 avril 1908 et les jours suivants, de 9 $^1/_2$ à midi et de 2 $^1/_2$ à 6 heures.
2. On vendra environ de 300 à 350 numéros par jour, dans l'ordre du catalogue.
3. Nous nous réservons le droit de vendre en dehors de l'ordre du catalogue, de réunir plusieurs numéros en un seul lot, ou de vendre séparément les pièces composant un lot.
4. **Une exposition des pièces mises en vente dans le courant de la journée aura lieu tous les matins à partir de 9 heures.** Cette exposition mettant le public à même de se rendre compte de l'état des objets, aucune réclamation ne sera admise après l'adjudication.
5. Nous déclinons toute responsabilité pour les indications et mentions contenues dans le présent catalogue. Les objets sont vendus dans l'état où ils se trouvent.
6. Le prix d'adjudication est à payer comptant avec 10 % en sus pour les frais.
7. Les objets qui n'auront pas été payés le jour de l'adjudication pourront être mis en vente le jour suivant sans autre forme de procès.
8. Les adjudicataires sont tenus d'enlever immédiatement les objets dont ils se sont rendus acquéreurs.
9. Chaque objet pourra être retiré de la vente si la mise à prix n'est pas atteinte.
10. En cas de différend entre deux amateurs en raison d'une mise double, l'objet sera immédiatement remis en vente.

Pour tous renseignements et commissions, s'adresser à la **Revue alsacienne illustrée**, 2, rue Brûlée, Strasbourg.

Versteigerungs-Bedingungen.

1. Die Versteigerung beginnt am 27. April 1908 und findet statt von 9 $^1/_2$ Uhr Vormittags bis 12 Uhr, sowie Nachmittags von 2 $^1/_2$ bis 6 Uhr.
2. Es werden jeden Tag in der Regel 300 bis 350 Nummern in der Reihenfolge des Katalogs versteigert.
3. Die Versteigerer sind jedoch berechtigt, einzelne Nummern ausser der Reihe zu versteigern, mehrere Nummern zu einem Loose zu vereinigen oder aus Loosen einzelne Gegenstände getrennt zu versteigern.
4. Die an den einzelnen Tagen zur Versteigerung gelangenden Gegenstände werden an dem jedesmaligen Vormittag von 9 Uhr an im Versteigerungslokal zur Besichtigung ausgestellt.
5. Die Gegenstände werden ohne Gewähr für die im Kataloge enthaltenen Angaben und in dem Zustande verkauft, in welchem sich dieselben befinden.
6. Die Versteigerung erfolgt gegen Barzahlung. Es ist ausser dem Steigpreis ferner sofort ein Aufgeld von 10% desselben zu erlegen.
7. Gegenstände, welche am Tage der Versteigerung selbst nicht berichtigt werden, können am folgenden Tage ohne weiteres nochmals auf Kosten des ersten Käufers versteigert werden.
8. Mit dem Zuschlag geht Eigentum und Gefahr der erstandenen Gegenstände auf die Ersteher über. Die Gegenstände sind sofort in Empfang zu nehmen.
9. Gegenstände, deren Ansatzpreis nicht erreicht wird, können zurückgezogen werden.
10. Sollte durch erfolgtes Doppelgebot eine Meinungsverschiedenheit entstehen, so wird die betreffende Nummer sofort nochmals ausgeboten.

Aufträge werden angenommen und in gewissenhafter Weise ausgeführt durch die **Illustrierte Elsässische Rundschau**, Brandgasse 2, Strassburg.

Der mit der Versteigerung beauftragte Notar.

Justizrat **A. Riff.**

Bulletin de commission. — Auftrags-Zettel.

Veuillez acheter pour mon compte à la vente aux enchères du 27 avril 1908, au mieux et jusqu'à concurrence des prix indiqués (les frais et droits de commission non compris), les articles mentionnés ci-dessous. J'ai pris connaissance des conditions énumérées plus haut.

Sie wollen für mich und meine Rechnung unter den vorgedruckten Auctionsbedingungen auf der Versteigerung vom 27. April und folgende Tage 1908, möglichst billig, folgende Nummern erwerben; meine Preisgebote gelten als Höchstgebote (ohne Auctions- und Provisionskosten.)

Name: **Nom:**   **Adresse:**
(bitte deutlich)   (bien lisible)

Numéro du catalogue Katalognummer	Désignation des pièces Bezeichnung der Objekte	Limite Höchstgebot

Verte!

Numéro du catalogue Katalognummer	Désignation des pièces Bezeichnung der Objekte	Limite Höchstgebot

Name: Nom: Adresse:
(bitte deutlich) (bien lisible)

I. Estampes et ouvrages non alsatiques.

1 **Mort du général Moreau 1813.** J. A. Atkinson del. M. Dubourg sc. Grav. col.

2 **Bataille d'Austerlitz 1805.** Naudet del. Le Beau sc.

3 **Napoléon à la bataille d'Austerlitz 1805,** E. Rouargue sc.

*4 **Kléber en Egypte.** Vigneron lith.

5 **Affaire sur la côte de Damiette** (victoires et conquêtes). C. Motte lith.

6 **Actions glorieuses..... du général Desaix.** Martinet del.

7 **Pan et Syrinx.** N. Bertin pinx. B. Baron sc. 1715.

8 **Jeune femme tenant une lettre.** Fragonard pinx. Ruotte sc.

9 **La vertu chancelante.** J. B. Greuze pinx. J. Massard sc.

10 **La Constitution de l'an VIII,** composition allégorique.

11 **La nuit.** J. Vernet pinx. L. J. Cathelin sc.

12 **Vue des environs de Mortagne.** Le Prince pinx. Masquelier direx.

13 **Cavaliers aux abords d'un village.** 17ᵉ siècle.

14 **A Jew Rabbi** (manière noire). Rembrandt pinx. W. Pether sc.

15 **Portrait d'un rabbin.** Rembrandt pinx. 1641. Fr. Br. sc.

16 **Six gravures** en couleur et à la manière du crayon. Demarteau d'après Huet et d'après Le Prince.

17 **Buste de jeune femme (sanguine).** L. Bonnet sc. d'après Boucher.

18 **Le bonjour.** J. Couyers pinx. Aug. Le Grand sc.

19 **Deux scènes historiques.** A. Sergent del. 1786 et D. del. de Machy fil. sc.

20 **Le fruit de l'amour secret.** Baudouin pinx. Voyez junior sc.

21 **Le billet doux.** N. Lavreince pinx. N. de Launay, sc.

22 **Les offres séduisantes.** Lavreince pinx. J. L. Delignon sc.

23 **Le repentir tardif.** Lavreince pinx. Le Vilain sc.

24 **L'accouchée.** E. Jeaurat pinx. Lépicié sc. 1744.

25 **La relevée.** E. Jeaurat pinx. Lépicié sc. 1744.

26 **La bergère rusée.** Le Bouteux pinx. N. J. B. de Poilly sc.

27 **De trois choses en ferez-vous une?** F. Boucher pinx. J. J. Pasquier sc.

28 **Offrande à Vénus.** Gasp. Netscher pinx. Bovel del. N. Le Mire sc.

29 **La folie et la jeunesse 1612,** monogr. A. M.

30 **Le joueur de violon hollandais.** Dietricy pinx. Fosseyeux sc.

31 **Reproductions** d'œuvres de maîtres anciens, 30 p. Rich. Bong éd.

32 **Architecture,** archéologie, arts décoratifs, reproductions diverses.

33 **Chasse,** pêche, équitation.

34 **Reproductions** d'œuvres d'artistes modernes (gravures publiées par la Société des Amis des Arts, Paris), environ 100 pièces.

35 **Reproductions** d'œuvres d'artistes modernes (gravures publiées par l'Art), environ 50 pièces.

36 **Reproductions** de sculptures, de peintures et de dessins modernes.

37 **Trois aquarelles** signées E. Heller.

38 **Onze croquis** signés Laskowski.

39 **Une aquarelle** signée Menta.

---

* Voir Alsatica.

40 **Une page de croquis** signée Mathieu Mérian?
41 **Un croquis** de Steinlen.
42 **Aquarelles**, dessins, croquis de divers.
43 **Ecole française**, reproductions diverses.
44 **Reproductions diverses**, tirées de la *Gazette des Beaux-Arts*.
45 **Reproductions diverses**.
46 **Gravures** anciennes et modernes et reproductions (Both, Callot, Dusart, etc.), en noir et en couleur, environ 35 pièces.
47 **Vignettes**, culs de lampe, dont 20 de Eisen, environ 50 pièces.
48 **Modes féminines** du XVIII° siècle, 5 pl.
49 **Modes féminines** du XIX° siècle, 47 pl.
50 **Costumes divers**, en noir et en couleur, 10 pl.
51 **Costumes militaires** (Bellangé, Cauce, Charlet, Simottel, etc.) env. 30 pièces
52 **Caricatures** (Bellangé, Charlet, Couturier, Dantan, Grandville, Léandre, Nidrach, Raffet), env. 20 pièces.
53 **Chromolithographies**, chromotypographies diverses, 16 pièces.
54 **Affiches diverses**, env. 20 différentes.
55 **Cartes géographiques.**
56 **Dessins** de fortifications anciens et modernes.
57 **Scènes et types militaires** anciens et modernes, 8 pl.
58 **Châteaux**, vues de villes et de monuments, etc., gravures diverses.
59 **Lithographies**, eaux-fortes et reproductions diverses de l'époque de la Révolution et du premier Empire.
60 **Ex-libris** et reproductions, cartes d'adresse (réimpression d'un cuivre ancien).
61 **Tableaux** de la Révolution française. Prieur inv. et del., 124 pl. au lieu de 144.
62 **Tableaux** de la Révolution française. Fragonard fils inv. et del., 3 frontispices et 9 pl.
63 **Atlas** universel de géographie, par A. H. Brué, 1822.
64 **Tableaux** généalogiques de maisons souveraines et princières, 1706.
65 **Volume** renfermant palais, églises, jardins, fontaines de Rome, Versailles, etc., 11 planches éditées par Peter Schenck.
66 **Volume** renfermant plans et élévations de palais de Dresde, 6 pl.
67 **Album** de collections (gravures coupées dans les journaux et prospectus).
68 **Album** renfermant 12 gravures diverses.

II. Alsatica.

(Voir aussi n° 4.)

69 **Cartes diverses** anciennes et modernes.

STRASBOURG.

70 **Objets** trouvés dans les fouilles de la maison Kastner (2, rue de la Nuée-Bleue) en 1874-76, 20 pl.
71 **Ruines de Strasbourg**, par J. Broutta, Genève 1871. Lithogr., 12 pl.

Plans.

72 **Plan** de la ville de Strasbourg (monuments à vol d'oiseau). 17ᵉ s. R. D. f., in-8⁰.
73 **Strasburg** (mit der Citadelle u. Fort Kehl). 18ᵉ s. Müller del. et sc., in-8ᵉ.
74 **Strasburg** mit der Citadelle und denen Forten Khel. 18ᵉ s. Bodenehr G. f. in-8⁰.
75 **Plan** de la ville et citadelle de Strasbourg. 18ᵉ s., in-8⁰. Zoon H. sc.
76 **Strasbourg**. ville fameuse, etc... 18ᵉ s., cartouches ornés, in-4⁰.
77 **Straatsburg**... Strasbourg... (texte hollandais et français). 18ᵉ s. Allard C., in-4⁰.
78 **Strasburg** (après le bombardement de Kehl, 1793), avec petite vue de la ville, in-4⁰.
79 **Strasbourg**, Grundriss der Stadt, etc., cartouche avec vue de la ville. 18ᵉ s., in-4⁰.
80 **Strasbourg** (avec la citadelle et Kehl), in-24 color.
81 **Strasbourg**, grande ville et citadelle..., in-48.
82 **Strasbourg**, ville ancienne... Strasburg, eine uhralte..., avec grande vue de la ville et figures allégoriques. Seutter M. sc., color. in-fol.
83 **Stadt und Vestung Strasburg** samt dem Fort Kehl, 1734, avec grande vue de la ville. Hermænnische erben, in-fol.
84 **Plan** de la ville de Strasbourg divisée en... cantons, 1786. Weis sc., in-fol.
85 **Plan** de la ville de Strasbourg divisée en dix cantons, 1792. Paris chez Mondhare, in-fol.
86 **Militairische Karte** von der Festung Strasburg, etc., texte et petite carte du siège de Kehl, 1797, in-fol.
87 **Strasbourg** d'après le plan général. Villot, 1831, tirage avec changement, 1840, in-fol.
88 **Plan** de la ville de Strasbourg et vues de ses principaux monuments (dans 22 cartouches). Massinger lith., vers 1845, in-fol.
89 **Nouveau plan** de Strasbourg..., 1859 (avec 9 petites vues de monuments). Lith. Simon, in-fol. color.
90 **Plan** der Stadt Strassburg und ihrer Erweiterung, monté sur toile, grand f. color.
91 **Bebauungsplan** für die Erweiterung der Stadt Strassburg, en deux feuilles, grand f. color.

Environs.

92 **Carte** des environs de Strasbourg, 1845, grand f.
93 **Plan** du territoire entre Illkirch et la Gantzau, mscr. 18ᵉ s., f. color.
94 **Douze plans** et vues divers.

Vues générales panoramiques.

95 **Argentoratum** cujus ob antiquitatem... (Bruin u. Hogenberg, 1572), in-fol.
96 **Die Statt Strassburg** wie sie jetziger Zeit im Wesen steht à 1643. (Merian), in-4⁰.
97 **Argentoratum** cujus ob antiquitatem... (Bruin u. Hogenberg, édition postérieure, figures différentes), in-fol.
98 **Vue de Strasbourg** prise de la plate-forme de la Cathédrale. Lith. de Baltzer, in-fol.
99 **Der Münster in Strassburg** von dem östlichen Thurme der Thomaskirche gesehen. L. Schnell sc., 1826, in-fol.
100 **Der Münster in Strassburg**, reproductien avant la lettre, in-fol.

Vues générales.

101 **Straszburg** (Sauer, Theatrum urbium, 1595) in-12.
102 **Strasburg** (Bertius, Commentarium rerum German... 1616), in-8°.
103 **Strassburgk** (Meisner, Thesaurus philopoliticus, 1624), in-8°.
104 **Strasburg** (citadelle au 1ᵉʳ plan). 18ᵉ s., in-12 oblong.
105 **Strasburg** (citadelle au 1ᵉʳ plan). 18ᵉ s., in-12.
106 **Strassburg** der fürnemmen und..... Statt wahre Abcontr.factur, 1588
    (Seb. Münster, Cosmogr.), in-fol.
107 **Argentina**, Strassburg (Merian, Topographia Alsatiae, 1644), in-fol.
108 **Argentina**, Strasburg (Gottfried, Inventarium Succiæ), in-4°.
109 **Argentina**, Strassburg (semblable au n° 59, format du double, 17ᵉ s.).
110 **Strasbourg** (semblable au n° 59, texte français), in-fol.
111 **Vue de Strasbourg** (avec la citadelle), in-fol.
112 **Strasburg** (avec la citadelle), in-fol. oblong.
113 **Argentina** versus Septentr. (Schœpflin, Alsatia illustrata). 1751. J. Stried-
    beck, sc., in-fol.
114 **Vue de Strasbourg** (Frontispice de Strassburgisches Gesangbuch). 18ᵉ s.
    D. Oechslin sc., in-12.
115 **Vue de Strasbourg** (Frontispice de Strassburgisches Gesangbuch). 18ᵉ s.,
    in-12.
116 **Strasbourg.** 17ᵉ s. A. D. Perelle fc., in-12.
117 **Straetsburg.** 17ᵉ s.
118 **La Citta di Strasburgo...** (1730?), in-4°.
119 **Argentoratum**, Strassburg. 18ᵉ s. A. Gläser sc.
120 **Strassburg**, die Französische Hauptstadt in Nieder-Elsass... 18ᵉ s., f.
121 **Strasbourg** (France pittoresque). 1827. Couché sc., in-8°.
122 **Strasbourg.** E. Petitville lith., in-12.
123 **Vue** de la Ville de Strasbourg, prise de la hauteur de Schiltigheim. A. Bi-
    chebois lith. 1824, in-fol.
124 **Un lot de 18 vues** diverses de Strasbourg.
125 **Un lot de 16 vues** diverses de Strasbourg.
126 **Un lot de 6 vues** Strasbourg et environs.
127 **Incendie** du Théâtre de Strasbourg le 30 mai 1800. Sandmann lith., in-4°.
128 **Vue** perspective de la Salle de spectacle..... Projets de M. Robin, dessiné
    par C. W., in-8°.
129 **Vue** perspective de la Salle de spectacle..... Projets de M. Villot, X. Am-
    mann lith. 1822, in-4°.
130 **Vue** de la salle de spectacle prise du côté de la porte des Juifs. Sand-
    mann lith.
131 **Salle** de spectacle et École d'artillerie (sur acier). Wagner sc., in-12.
132 **Das Theater** zu Strasburg (sur acier). G. M. Kurz sc., in-12.
133 **Strasburg**, das Theater..... (même planche que n° 132, sur acier). G. M.
    Kurz sc., in-12.
134 **Théâtre** (sur bois), in-18.
135 **Église Saint-Étienne**, abside.
136 **Entrée** de la rue du Dôme, brasserie du *Roi de Brabant*, etc. Touche-
    molin lith., in-4°.
137 **Entrée** de la rue du Dôme, après le bombardement. Photogr., in-4°.
138 **Le vieux Strasbourg.** — Le quai Schœpflin. Reprod. lithogr. d'après
    Sandmann, in-4°.
139 **Vue** du quai Schœpflin. Sandmann lith., in-4°.
140 **Vue** de Saint-Pierre-le-Jeune. Sandmann lith., color. in-4°.

141 **Place** du Temple-Neuf. Jupiter d'après une aquar. d'Ad. Beyer, in-4°.

142 **Intérieur** du Temple-Neuf. Strassburgisches Gesangbüchlein.

143 **Monument funéraire** de J.-L. Blessig. C. Guérin sc.

144 **Vitrail** de la Bibliothèque de Strasbourg (1589). Gr. sur bois moderne, in-12.

145 **La Bibliothèque**, après le bombardement. J. Broutta del. J. Crettez lith., in-4°.

146 **Place Kléber**, Barfüsserplatz. Hyems. W. Hollar sc., vers 1630, in-4° oblong.

147 **Vue** perspective de la Place d'armes de Strasbourg. Reproduction photogr. d'une gravure vers 1760, in-4° oblong.

147bis **Place Kléber**, vers 1860. Chromolithogr , in-fol.

148 **Strasbourg**, vue prise des Ponts-Couverts (chemins de fer de l'Est). Lith. color. A. Maugendre del., in-fol.

149 **Ponts-Couverts.** Aestas. W. Hollar sc., vers 1630, in 4° oblong.

150 **Vue de Strasbourg**, prise depuis le pont couvert. J. Rothmüller lith., in-8° sur Chine.

151 **Ponts-Couverts.** Ankunft zu Schiffe des... Standbildes... des Generals Kleber, bois, in-4°.

152 **Strassburg** (Ponts-Couverts), acier. C. Reiss del., in-8° (Meyers Convers.-Lexicon).

153 **Strasburg** (Ponts-Couverts), acier. Carlsruhe im Kunst-Verlag, in-8°.

154 **Strasbourg** (Ponts-Couverts), acier. Larbalestier sc., in-8°.

155 **Strassburg** (Ponts-Couverts). Lithogr., in-12.

156 **Le vieux Strasbourg.** Anciennes tours du quartier des Ponts-Couverts, bois. R. Püttner sc.

157 **Ponts-Couverts** F. Weiss aquaf., in-18.

158 **Entrée** de la rue Saint-Thomas et église (1824?) Hullmandel lith., col. S. Prout del., in-4°.

159 **Puits public** devant l'église Saint-Thomas. St Omer lith., in-fol.

160 **Église** de Saint-Thomas de 1410 à 1771. (chevet). Chromolith. d'après B. Zix, in-4°.

161 **Église** Saint-Thomas. La France de nos jours. Chapuy del. Asselineau lith., color., in-4°

162 **Mausolée** du Maréchal de Saxe. Merglé del. Rouargue sc., in-4°.

163 **Mausolée** du Maréchal de Saxe. Chrétien de Mechel sc., f.

164 **Mausolée** du Maréchal de Saxe, bois. C. Laplante sc., in-12.

165 **Vue** de Saint-Thomas. Vieilles maisons des bords de l'Ill. Sandmann et Pedraglio lith., f.

166 **Vue** de Saint-Thomas. Die St. Thomasbrücke zu Strasburg, acier. E. Wittmann sc., in-8°.

167 **Vue** de Saint-Thomas. Strassburg. Strasbourg. Lith. col., in-8°.

168 **Vue** du pont Saint-Thomas à Strasbourg. Th. Müller lith. f.

169 **Vue** du quai et de l'église Saint-Thomas. L. A. Perrin del., lith., in-8°.

170 **Vue** du pont et de l'église Saint-Thomas. Zu Strassburg, W. Hollar sc., vers 1630, in-18.

171 **Ancienne Douane** et rue de la Douane. Autumnus. W. Hollar sc., vers 1630, in-4° oblong.

172 **Ancienne Douane** et rue de la Douane, avec le nom de Hollar.

173 **Ancienne Douane** et rue de la Douane. Strasburg. J Tingle sc., in-8°.

174 **Vue** de la Douane (rue). J. Picard del., in-8°.

175 **La Douane** (rue). L. A. Perrin del., lith., in-8°.

176 **Pfaltz**, ancien hôtel de ville. C. Winckler lith. 1883, in-4°.

177 **Place Gutenberg**, Cathédrale et Fischbrunnen. Lith., f.

178 **Place Gutenberg** et Cathédrale. Strasbourg. Ch. Heath sc., in-4°.

179 **Fischbrunnen**, rue Mercière et Cathédrale. Lith., f.
180 **Place des Grandes-Boucheries** au 17e siècle (Piton). Ch. Kreutzberger lith., in-4°.
181 **Le vieux Strasbourg.** Place du Marché-aux-Petits-Cochons, bois. Püttner sc.
182 **Pont du Corbeau** et Grande-Boucherie. Lith., in-12.
183 **Vue** du Marché aux-Poissons. J. Picard del., in-8°.
184 **Château** (vu de la Place). L. Perrin del.
185 **Vue** du Château. Sandmann et Pedraglio lith., in-fol.
186 **Quai Saint-Nicolas.** Vue de la Douane. Sandmann et Pedraglio lith., in-fol.
187 **Quai Saint-Nicolas** et Douane. Aquarelle 1868, in-4°.
188 **Lucarne**, rue d'or n° 7, dessin. A. Chuquet del. 1851, in-8°.
189 **Hôpital civil** et porte de l'Hôpital. Grafenauer, topographie... F. Oberthür sc., in-8°.
190 **Vue** du Palais impérial à Strasbourg (et du quai au Sable). La France de nos jours. Chapuy del. Asselineau lith., in-4°.
191 **Ancien Directoire de la Noblesse**, place Saint-Étienne n° 17. Elévation color., in-fol.
192 **Vue** du quai Kléber. (Quai Lezay-Marnésia.) Sandmann et Pedraglio lith., in-fol.
193 **Place d'Austerlitz.** Vue de l'hôtel de la *Ville-de-Vienne*... Oberst sc., in-8°.
194 **Place d'Austerlitz.** D. Baltzer lith. 1850, in fol.
195 **Vue** du Pont-aux-Chats et de la tour des Martyrs, zinc. G. Save sc., in-4°.
196 **Vue** du Pont-aux-Chats et de la tour des Martyrs, zinc. G. Save, épreuve d'essai, in-4°.
197 **Tour sur la Pointe**, caserne d'Austerlitz, dessin. Th. Schuler del. (?), in-8°.
198 **Maison du Zimmerhof**, près de la porte des Juifs. Aquarelle de E. Oehmichen. in-4°.
199 **Strasbourg.** Intérieur de l'ancienne gare. A. Maugendre lith., color. in-fol.
200 **Quai Saint-Jean.** Vieille maison, zinc. P. Reiber del. et sc., in-4°.
201 **Les deux sapins** près de l'église Sainte-Aurélie. Th. Siegfried lith., in-8°.
202 **Tour du diable**, hors l'écluse de fortification. S. Prout del. Hullmandel lith., col. in-4°.

Cathédrale (côté Nord).

203 **Aedes ecclesiæ Cathedralis...** (Merian, Topographia Alsatiæ), in-4°.
204 **Nouvelle et parfaite représentation** de la grande église... Paris, chez Basset, in-4°.

Cathédrale (façade principale).

205 **Cathédrale** de Strasbourg. Fischbrunnen et rue Mercière, vue de la façade. A. Rouargue del., lith., in-4°.
206 **Cathédrale** de Strasbourg. Fischbrunnen et rue Mercière, vue de la façade, prise du marché aux légumes. Chapuy del. Courtin lith., in-4°.
207 **Cathédrale** de Strasbourg. Fischbrunnen et rue Mercière, vue de la façade, prise du marché aux légumes. Chapuy del. Courtin lith., sur Chine, in-4°.
208 **Cathédrale** de Strasbourg. Pedraglio lith., in-4°.
209 **Cathédrale** de Strasbourg. E. Rouargue del. et sc., in-4°.
210 **Façade** de la Cathédrale de Strasbourg. Chapuy del. Engelmann lith. in-4°.
211 **Façade** de la Cathédrale de Strasbourg, aquarelle, in-4°.

212 **Perspectivische Ansicht** des Münsters zu Strasburg. Lithogr. v.
   B. Herder, in-fol.
213 **La Cathédrale** de Strasbourg. A. de Boyer del. Schnell sc., in-fol.
214 **Cathédrale** de Strasbourg F. J. Oberthür sc. 1818, gr. in-fol.
215 **La Cathédrale** de Strasbourg. M. F. Bœhm lith. 1829, in-8°.
216 **Münster** in Strasburg. R. Hœfle del. J. M. Kolb sc., in-8°.
217 **Cathédrale** de Strasbourg, acier. Wagner sc., in-12.
218 **Cathédrale** de Strasbourg. Rouargue sc., in-12.
219 **Cathédrale** de Strasbourg, publié par Blaisot, in-12.
220 **Münster** in Strassburg. A. Falger sc., in-12.
221 **Münster** zu Strassburg, in-12.

Cathédrale (côté Sud).

222 **Cathédrale**. Peter Aubry sc. 17e s., f.
223 **Cathédrale**. Isaac Brunn sc. 1615, f.
224 **Cathédrale**. A. Allart exc. 17e s., in-fol.
225 **Münster** zu Strassburg. J. G. Guttermann, relieur. 18e s., in-fol.
226 **Strassburger** Münster-Thurm. Jos Kummer sc. 18e s., in-fol.
227 **Vue** de l'église cathédralle et du grand clocher... Paris, chez Mondhare, in-4°.
228 **Strassburger** Münster. Meyers Convers. Lexicon, acier, in-8°.
229 **Cathédrale** de Strasbourg. Vue générale, côté méridional. Chapuy del.
   Engelmann lith., in-4°.
230 **Cathédrale** de Strasbourg. Vue générale, côté méridional. Chapuy del.
   Engelmann lith., sur Chine in-4°.
231 **Cathédrale** de Strasbourg. Le moyen âge monumental, etc. Asselineau
   lith., f. color.
232 **Cathédrale** de Strasbourg. Ex-libris de Strobel, in-18.
233 **Cathédrale** de Strasbourg. Le moyen âge pittoresque. Vue prise de la rue
   d'or. Chapuy del. et lith., in-4°.
234 **Cathédrale** de Strasbourg. Bombardement de Strasbourg par les Alle-
   mands... Gustave Doré del. lith. teintée gr. in-fol.
235 **La Cathédrale** de Strasbourg comme elle avait été projetée... (avec deux
   tours), bois, in-8°.

Cathédrale (détails).

236 **Portail central**, f.
237 **Portail latéral Nord**, f.
238 **Portail latéral Sud**, f.
239 **Portail Nord**, chapelle Saint-Laurent, in-4°.
240 **Portail Sud**, in-4°.
241 **Sabine**, statue de Ph. Grass, dessin, in-4°.

Cathédrale (intérieur).

242 **Ancien jubé**, in-4 oblong.
243 **Détails du jubé?**, in-4 oblong.
244 **Vue** intérieure de la Cathédrale, acier. E. Simon, in-12.
245 **Cathédrale** de Strasbourg (pilier des anges). Rouargue frères del. et sc.
   in-8°.
246 **Description** de l'horloge..., texte français et allemand, in-fol.
247 **Description** de l'horloge, texte français et allemand, variante, in-fol.
248 **Horologium** astronomicum summi templi Argentinensis..., in-4°.

249 **Astronomische Uhr**..., in-4º.

250 **Chaire de prédication**... Meubles religieux et civils. Chapuy del. Fichot
    lith., in-4º.

251 **Cuve baptismale**. Meubles religieux et civils. Chapuy del. Asselineau
    lith., in-4º.

252 **Pilier des Anges**, in-fol.

253 **Orgue**. Le moyen âge monumental et archéol., de Sansonnetti del. Noury
    lith., in-4º.

254 **Buffet d'orgue**. Meubles religieux et civils. Même planche que nº 253, in-4º.

255 **Sculptures satiriques** disparues. Reproduction d'une ancienne gravure,
    texte au verso par F. Reiber, in-fol.

256 **Rosaces** de la haute-nef et du triphorium. P. Petit-Gérard pinx. Chromo-
    typogr., in-fol.

257 **Jésus parmi les docteurs**. Reproduct. phototyp. d'une tapisserie dn
    Grand Chapitre, in-fol.

Environs.

258 **Strasbourg**. Porte des Pêcheurs et Tour dans le Sac. Skelton sc., in-12.

259 **Strasbourg**. Porte des Pêcheurs et Tour dans le Sac, bois du Hinkende
    Bote, in-12.

260 **Seconde vue** de Strasbourg. Porte des Pêcheurs et Tour dans le Sac.
    J. Stung pinx. F. Reinermann sc., bistre, in-fº.

261 **Vue** de Strasbourg, hors la porte des Pêcheurs. B. Zix del. et sc., in-4º.

262 **Robertsau**, blanchisserie Zæpffel, 1820. C. Guérin lith., in-4º.

263 **Schiessrain (Ver)**. (W. Hollar sc., vers 1630). Zu Strassburg bey Jacob
    v. d. Heyden, in-4º oblong.

264 **Schiesserein** (Contades) 18ᵉ s., in-8º.

265 **Plan**. Jardin et maison de plaisance..., à M. de Pithienville... Dupuis sc.,
    vers 1789. (Ixnard, Recueil d'architecture), in-8º.

266 **Orangerie**, Bauernhaus. restaurant. Aquarelle signée C. M., in-fol.

267 **Écluse** de fortification. Première vue de Strasbourg. J. Stunz pinx.
    F. Reinermann sc., bistre, in-fol.

268 **Bey Strassburg**, Brüsseck (Breuscheck, Schnakenloch), Hohen Wært,
    (Grüne Wart). W. Hollar sc., vers 1630, in-18.

269 **Vue** de la Montagne Verte (Album alsacien). Sandmann lith., in-4º.

270 **Vue** de la Montagne Verte, près Strasbourg. Sandmann lith., in-4º.

271 **Graffenstaden** (Album alsacien). Sandmann lith., in-4º.

272 **Bey Strassburg**, vue prise sur l'Ill. W. Hollar sc. 1630, in-18

273 **Strassburg**, vue prise sur l'Ill W. Hollar sc. 1630, in-8º.

274 **Der Neuhof**, bois, in-4º.

275 **Vue** du Pont du Petit-Rhin. Sandmann lith., in-8º.

276 **Monᵗ of genˡ Desaix** near Strasburg. Tomblesons del. Le Petit sc.,
    acier, in-8º.

277 **Vue** de la ville de Strasbourg, prise de Kehl. Federle del. Salathé sc. in-4º.

278 **Quatre planches**, paysages des environs de Strasbourg? Jac. v. der
    Heyden sc., in-12.

279 **Quatrième vue** des environs de Strasbourg. Ch. A. Lcommel pinx. T. J.
    A. G. Boucher sc. 1789, in-8º.

280 **Vue** des environs de Strasbourg. A Paris, chez Avaulez, in-8º.

281 **Monument** élevé à Turenne à Saasbach. Sandmann lith., in-8º.

282 **Monument** élevé par la France à la mémoire de Turenne... en 1829.
    J. Guérin lith., in-4º.

Scènes et Événements.

283 Arrivée des Zuricois à Strasbourg, 1576. Supplément au Dictionnaire d'Alsace par J. Baquol. E. Lemaître lith., in-4°.

284 Joutes nautiques d'après une peinture de Léonard Baldner, 1666, bois, in-8°.

285 Ubergab der Vestung Strasburg, 1681.

286 Trois pages relatives à Strasbourg, 1671, 1681, 1725, avec 3 vignettes (Imhof, Bildersaal), in-8°.

287 Reproduction d'une médaille commémorative du départ de Louis XV pour l'Alsace, 1744, in-4°.

288 Représentation du feu d'artifice... 23 février 1749. Dannegger sc., in-4°.

289 Pillage de l'Hôtel-de-Ville, 22 juillet 1789. Devere sc., in-fol.

290 Pillage de l'Hôtel-de-Ville, 22 juillet 1789. Devere sc., color., in-fol.

291 Pillage de la Maison de ville de Strasbourg en 1789 (Album alsacien). Sandmann lith., in-4°.

292 Fédération des Départemens du Haut et Bas Rhin... plaine des Bouchers... 13 juin 1790. C. Dupuis del. et sc, in-fol.

293 Exécution populaire à Strasbourg, 25 juin 1791. Klinglin, Heymann et Bouillé, caricature color, in-4°.

294 Relation des fêtes... 22 et 23 janvier 1806. (Napoléon Ier et Joséphine), titre et 18 pages de texte et 3 planches au trait. B. Zix del. C. Guérin sc., in-fol.

295 Vue de la fontaine d'alliance... (Marie-Louise) 22 mars 1810. Boudhors inv. F. Simon sc., in-fol.

296 Treffen bey Strassburg, 28 juin 1815, carte. V. Willmaar sc., in-fol

297 Arrivée à Strasbourg de S. M. Charles X, 7 septembre 1828. Guérin et ses fils lith., in-fol.

298 Ueburgen des Pontonnier-Bataillons..., 9 septembre 1828, bois de calendrier, in-4°.

299 Portraits des trois généraux (polonais) et leur entrée à Strasbourg, 4 décembre 1831. Beyer lith, in-4°.

300 Quel est le scélérat? Procès de la prétendue conspiration de Strasbourg. Plaidoyer de Me Lichtenberger, 1836. H(ippolyte) B(ellang)é lith.

301 Concert donné au théâtre... 14 avril 1839. Martinique (Album alsacien). Simon lith, in-4°.

302 Translation du corps de Kléber, 13 décembre 1838, billet personnel de place réservée, in-18.

303 Fête du 16 avril 1848 à la Robertsau. Poquet lith, in-4°.

304 Fête célébrée... 23 octobre 1848... 2e anniversaire séculaire de la réunion de l'Alsace à la France Piquet lith., in-4°,

305 Projet esquisse de monuments à ériger à Strasbourg, Colmar et Mulhouse, en mémoire du 2e anniversaire séculaire de la réunion de l'Alsace à la France, par G. Klotz, A. Weyer et F. Fries, architectes. 24 octobre 1848, in-4°.

306 Couplet supplémentaire de la *Marseillaise*. Souvenir... 16 avril 1848. E. Simon lith., in-4°.

307 Inauguration du chemin de fer de Paris à Strasbourg... 18 juillet 1852. Ch. Kreutzberger del. et lith., in-fol..

308 Exercice de la garde nationale sédentaire, rue la Douane, 1870. E. Schweitzer del., chron.olith., in-4°.

309 Le préfet Valentin reçu par le général Uhrich, 19 septembre 1870. Aquarelle gouachée fantaisiste, in-fol.

310 Réception des délégués suisses. Lithogr. avant la lettre, in-fol.

311 Le 27 septembre 1870, fin. Les marins au siège de Strasbourg. Aquarelle gouachée, in-fol.

ALSACE EN GÉNÉRAL
Scènes et Événements.

312 **Marche** de l'armée de Jean Casimir, comte palatin, de Strasbourg à Nancy. 1576, in-4°.

313 **Portraict** de la desfaicte... Haguenau. 1622, in-8°.

314 **Eigentliche Vorbildung** der Feldschlacht... Wattwiller. 1634, in-fol.

315 **Plan** du passage du Rhin... 1645, in-fol.

316 **Bataille** d'Ensheim. Ersinger F. sc., 1674, in-fol.

317 **Bataille** d'Enzheim. Martinet del. E. Ruhierre sc., 1674, in-fol.

318 **Plan** de la bataille d'Ensheim. 1674, in-4°.

319 **Abbildung** des Treffens. Altenheim. 1675, in-fol.

320 **Bataille** de Turckheim, 1675. (Supplément au Dictionnaire de Baquol.) E. Lemaître lith., in-4°.

321 **Plan** de l'attaque des lignes de la Lautter. Weis fec. 1744, in-4°.

322 **Passage** du Rhin à Kehl. Moreau. 24 juin 1796. Martinet del. Chollet sc. in-fol.

323 **Passage** du Rhin à Kehl. Le Temple de la gloire. Martinel del. Chollet sc., in-fol.

324 **L'Alsace**.. érige un monument à **Louis XVI**, restaurateur de la liberté, etc. 1792. C. Dupuis sc., in-fol.

325 **Bombardement** de la ville et du fort de Kehl... 12 septembre 1793. A. Schneider f., in-fol. color.

326 **Bombardement** de la ville et du fort de Kehl, légères variantes devant la porte du fort. in-fol. color..

327 **Seconde Représentation** des lignes entre Wissembourg et Lauterbourg... 13 octobre 1793. J. M. Will exc., in-fol.

328 **Vue** des bords du Rhin près de Strasbourg, passage du 24 juin 1796. J. Stunz del. B. Zix sc., bistre, in-fol.

329 **Assaut**... à la tête du pont d'Huningue... 30 novembre 1796. J. H. Juillerat del., color. in-fol.

330 **Assaut**. . au fort de l'Isle près d'Huningue. 30 novembre 1796, color. in-4°.

331 **Vue** de la démolition de la tête de pont d'Huningue. 2 février 1797. J. H. Juillerat del. J. J. de Méchel sc., col. in-fol.

332 **Vue** de la démolition de la tête de pont d'Huningue. 2 février 1797. J. J. de Mechel jeune (variantes), bistre, in-4°.

333 **Vue** du confluent de l'Ill et du Rhin vers la Wanzenau. Passage du 20 avril 1797. J. Stunz del. B. Zix sc., bistre, in-fol.

334 **Die Belagerung** des Brückenkopp bey Hüningen... 1797. F. C. Reinermann sc., bistre, in-fol.

335 **Massacre**... des ministres plénipotentiaires (Rastatt). 28 avril 1799. X sc., in-4°.

336 **Reddition** d'Huningue. 26 août 1815. Victoires et conquêtes. Ch. Motte lith., in-fol.

337 **Reichshoffen**, vue d'une tour à, 1829. Aquarelle. Aimé P. de T. pinx., in-8°.

338 Ansicht des **Odilienbergs**. Gravure, in-8°.

339 Die heilige **Othilia** Jungfrau (baptême de sainte Odile. R. Sadeler jun. fec., in-8°.

340 **Niederbronn**, acier. Rauch del. Skelton sc., in-12.

341 **Hoh-Kœnigsbourg**, acier. Meunier del. Skelton sc., in-12.

342 Tour de l'horloge à **Schlestadt**, acier. Meunier del. Schrœder sc., in-12.

343 **Spesbourg**, ruines près d'Andlau, acier. Meunier del. Skelton sc., in-12.

344 Église de **Honcourt**, côté Sud, d'après le croquis de Silbermann lith., in-8°.

345 **Hagenoa** vetus, **Hagenoa** nova. 2 grav. sur une planche, in-fol.
346 **Kiensheim**. Franç. Walter sc, in-4°.
347 **Huningue**. Vue pittoresque du théâtre de la guerre.. 1796. Chrét. de Mechel, in-4°.
348 **Marienthal**. Image miraculeuse de la Vierge. Weis sc., in-fol.
349 Wahre Contrafactur der vesten Statt und Passes **Brysach**. Merian? in-4°.
350 **Vieux-Brisach**. Chapuy del. Bichebois lith., in-fol.
351 **Neuf plans** des places fortes Fort-Louis, Huningue, Longwy, Neufbrisach, Metz, Phalsbourg, Saarlouis, Schlestadt et Verdun, in-8°.
352 **Sept plans et armoiries** des places fortes Strasbourg, Fort-Louis, Landau, Haguenau, Phalsbourg, Saarlouis, Marsal, in-4°.
353 **Événements divers**. 17 pièces.
354 **Sujets divers**, se rattachant à la guerre de 1870. 18 pl.
355 **Sujets divers**, se rattachant à l'Alsace. 19 pl.

Costumes.

356 **Costumes strasbourgeois**, par Aubry, Hollar, Schmuck, Schweitzer, etc. 13 planches.
357 **Garde d'honneur**, garde nationale, pompiers de Strasbourg. 9 planches.
358 **Costumes alsaciens**. 6 planches.
359 **Costumes alsaciens divers**.

Dessins originaux.

360 **Alphonse Chuquet**. 8 feuilles. 10 croquis.
361 **Philippe Grass**. 3 feuilles. 31 croquis.
362 **Les Guérin**. (Christophe 4, Jean-Urbain 2, Jean 1, Jean Baptiste 2). 9 feuilles.
363 **Jules Holzapffel**. 1 dessin.
364 **Gustave Krafft**. 1 dessin.
365 **Georges Frédéric Meyer** (18e siècle) 2 sépias.
366 **Baptiste Petitgérard**. 111 feuilles. Environ 150 croquis.
367 **Théophile Schuler**. 9 croquis.
368 **Charles Spindler**. 2 feuilles. 3 croquis.
369 **Lothaire de Seebach**. 2 croquis.
370 **Alfred Touchemolin**. 2 croquis.
371 **Henri Valentin**. 6 feuilles? 12 croquis.
372 **Benjamin Zix**. Nombreux croquis sur 2 feuilles.

Reproductions d'œuvres d'artistes alsaciens.

373 **P. J. Loutherburger**. Ermite lisant. 1715. Gravure sur cuivre.
374 **Imprimés divers**. Proclamations, affiches officielles, diplômes, etc., etc., des 18e et 19e siècle. Environ 80 pièces.
375 **Caricatures**, satires diverses, feuilles volantes strasbourgeoises de 1850 environ jusqu'à nos jours. 38 pièces.
376 **Frontispices** de livres imprimés à Strasbourg. 5 pièces.
377 **Feuille volante** (Prétendu miracle d'Erstein, 1792), avec vignette.
378 **Programmes**, menus, cartes, etc. 13 pièces.
379 **Costumes alsaciens divers**. 12 pl.
380 **Reproductions** d'œuvres d'artistes alsaciens. 10 pièces.
381 **Idem**. 11 pièces.
382 **Reproductions** de peintures et de sculptures alsatiques.

III. Portraits alsatiques et autres*.

*383 **Achon**, vicaire gén. Strasbourg. Mainberger Th. lith.

384 **Aguesseau**, Henri François d' 1668-1751. Boilly Alph. sc. 1823.

385 **Aiguillon**, Marie de Wignerod, **duchesse d'**. Moncornet exc.

386 **Alembert, J. d'**. Henriquez B. L. sc. Jollain N. R. del.

387 **Ambrosius Sanctus**. 340-97.

*388 **Andlau**, Ant. Fréd., baron d', d'Hombourg. 1761. Chez Sergent.

*389 — — — baron d'. Petit sc. Labadye del.

390 **Andreossy**, François. 1633-88.

391 **Andrieux**, Franç. Guill. Jean Stanislas. 1759-1833.

392 **Anjou**, Françoic de Valois, duc d'.

*393 **Antin**, Louis Antoine, duc d'.

*394 — — — de Pardaillan de Gondrin, duc d', lieutenant général de la haute et basse Alsace. Tardieu N. 1720 sc. Rigaud H. p.

395 **Argenson**, Paulmy d' 1652-1721. Vangelisty 1775 sc. Rigaud Hiac. p.

*396 — Voyer d'. 1817.

397 **Arioste**, Louis. 1474-1533. Mauduit Ch. sc.

*398 **Aron**, Arnaud. Beyer lith. lith Simon.

399 **Arragon**, Jeanne d', reine de Sicile. Chéreau Jacques sc. Raphael p.

*400 **Artopæus**, Joh. Christoph. 1626-1702.

401 **Aspremont**, Gobert d'. Quenedey sc.

*402 **Aufschlager** Jean Frédéric. 1766 - Beyer J. D. fec. lith. de G. Engelmann.

*403 — — — Schuler Ch. A. del. lith. Simon fils

404 **Augeard**. Chez Basset.

*405 **Auvergne**, Henri Oswald, cardinal d', grand prévôt de Strasbourg. Drevet C. 1749. Rigaud H. p.

406 **Bailly**, Jean Sylvain. 1736-93. Chez Ménard et Desenne.

407 **Balsac**, Henriette de. Houve P. de la exc.

408 **Bassompierre**, François, marquis de 1646. Alaux p.

409 **Baumgarten**, Sigmund Jacob. Grundler G. A. del. et sc.

*410 **Baur**, Joh. Wilhelm 1637.

*411 — — — 1640. Meyssens J. fec. et exc. Baur J. W. p.

*412 **Bartenstein**, Joh. Philipp. 1650-1726. Lutherburg P. sc. Meyer p.

413 **Bayle**. Savart P. 1774.

414 **Beauharnais**, comtesse de. Boily sc. 1735. Thornton of Tortola del.

415 **Bavière**, duchesse de, Catherine Agathe, duchesse de Ribeaupierre 1683. æt. 35.

416 **Beaumarchais**, Caron de, Pierre Aug. 1732-99. Chez Ménard et Desenne.

417 **Beaumont**, Christophe de, archevêque de Paris. Romanet A. sc. Duhamel A. p.

*418 **Bebel**, Balthasar æt. 37. 1669. Kilian Phil. sc. Hopffer Barth. p.

419 **Bécaille**, Marguerite, veuve Titon. Desplaces L. sc. 1715. Largillière N. de p.

*420 **Behaim**, Raphael, renterhauptmann zu Strassb. 1542-97. Feni G. f.

*421 **Behr**, Georg Heinrich. 1708-61. Striedbeck Joh. del. et sc. Wilcke J. F. p.

422 **Bellecourt**, Mme. Chapuit sc. Dutertre p.

---

423 **Belle-Isle**, maréchal de. Geoffroy sc.
424 — Charles Louis Aug. Fouquet Comte de. Desrochers exc.
425 — — — Fouquet Comte de. Wille J. G. sc. 1743-
Rigaud H. p.
426 **Belle-Isle**, Charles Louis Aug. Fouquet Comte de. Mellini sc. de La Tour p.
427 **Benoît XIV**, pape.
428 **Beughem**, Jean Ferdinand de. Ertinger Fr. fec.
429 **Benjamin-Constant**. 1767-1830. Bey. I. D. del. 1827. Engelmann lith.
430 **Benserade**, Isaac de. Edelinck sc.
*431 **Berckheim**, F. S., baron de, général. Forestier sc. Tardieu Ambr. direx.
*432 — — baron de, général. Beyer J. D. fec. Engelmann lith.
*433 **Bernegger**, Matthias.
*434 **Berwick**, Jacques Fitz-James, maréchal de 1670-1734. Chez Ménard et
Desenne.
435 **Besenval**, Pierre Victor, baron de- 1791. Dupréel sc. Danloux P. H. del.
*436 **Biccius**, Gregorius. 1603- Aubry P. sc.
*437 **Bitschius**, Caspar. æt 56. 1634. Heyden Jac. ab.
438 **Béthune**, Maximilien de. Janinet F. sc. Rubens P. P. p.
439 **Billing**, Sigismond. 1742-96. Karpff J. J. del. Wachsmut F. lith.
*440 **Blessig**, Joh. Lorenz. 1747-1816. Guérin C. sc. Debeyer Sophie p.
*441 — — — Beyer J. D. fec. lith. Engelmann
442 **Boileau**, Nicolas Despréaux. 1637-1704. Drevet P. sc. 1706. Rigaud H. p.
*443 **Bœcklin**, v. u. zu Bœcklinsau, Franz Friedr. Sigm. Aug. 1745- Krieger J. C. sc.
*444 **Bœcler**, Joh. 1651-1701. Seupel J. A. sc. Merian p.
445 **Bohemer**. Chez Basset.
446 **Boileau**, Nicolas -Despréaux. 1636-1711. Massard Alex. sc. 1823.
447 — — — 1636-1711.
448 **Bonnet**, Charles. 1720- Clemens sc. Juel del. 1779.
478bis — Alix sc. Garneray del. color.
*449 **Bongars**, Jacques. æt. 58. 1612. Brunn Isaac sc.
450 **Bossuet**, Jacques Bénigne. 1627-1704. Chez Ménard et Desenne.
451 **Boucher**, François. Bosse L. sc. Roslin p.
452 **Bouhier**, Jean. æt 31. 1704. Daudet sc. 1732. Largillière de p.
453 **Bourbon**, Charles, connétable de. 1489-1527. Chez Ménard et Desenne.
454 **Boullongne**, Jean de. Wille J. G. sc. 1758. Rigaud H. p.
*455 **Brand**, Sebastian. 1458-1520. (Stimmer Tob.)
*456 — — Heyden Jac. v. der. 1631.
*457 — — (Reprodukt. nach Stimmer T.)
*458 — Joh. Daniel. 1633-1700. (Seupel J. A. sc.)
459 **Brezé**, duc de. Hubert sc. Graincourt del. 1780.
460 **Broglie**, Victor François. 1718-1804. Le Beau sc.
*461 — François Marie, duc de. 1671-1745. Carmon|M. Schrader sc. Ranc p.
*462 — — — duc de. Stahl. Rauch p.
*463 — — — duc de.
*464 **Bralov**, Caspar. 1585-1627. J. Heyden sc.
465 **Brunswick** Lunebourg Anna de. Philips J. C. sc. 1733. Hysing H. p.
*466 **Bucer**, Martin. -1551.
*467 — — Valck G. sc. Werff Adr. v. der p.
*468 **Bucer**, Martin. Bouttats Gasp. sc. Verhruggen H. del.
469 **Buchnerus**, Augustus. 1591-1661. Haid J. J. exc.
470 **Buffon**, George Louis Leclerc, comte de. 1707-88. Chez Ménard et Desenne.

470bis **Buffon**, George Louis Alix sc Garneray del. color.

*471 **Bussierre**, vicomte Renouard A. P. de. Schuler Ch. Aug. sc. 1849. Daguerréotype.

472 **Cagliostro**, comte de. Bollinger sc.

473 — comte de. Thœwert. Guérin del.

474 — comte de. Chr. Guérin del. et sc. 1781.

475 — comte de. Deverc sc. Guérin del.

476 — Seraphinia Feliciani, comtesse de. Chez Basset.

477 — comte de. Marcuard R. S. sc. Bartolozzi F. del.

478 **Calvin**, Jean. 1509-64. Chez Ménard et Desenne.

479 **Cambacérès**, prince. Payen sc. Le Febre del.

480 **Casinus** Aretinus, Frat. Franç. Maria, card.

481 **Castanier**, François. Gaillard R. sc. Rigaud H. p.

482 **Caussin**, Nicolas.-1651. Desrochers E. sc.

*483 **Chamilly**, Noël Bouton, marquis de. Seupel J. A. del. et sc.

484 **Champaigne**, Philippe de. Metzmacher del. et sc. 1844. Champaigne P. de p. 1668.

*485 **Champy**, Pierre. Maurin lith. Brocas del.

486 **Choiseul**, Étienne François, duc de. de Lannay N. Vanloo L. M. p.

487 **Cinq-Mars**, Henri Ruzé d'Effiat, marquis de. Daret A. H. p.

488 — — — marquis de. 1620-42. Grévedon lith. Motte C. lith.

489 **Clairon**, Mlle. Littret sc. 1766. Schenau del.

*490 **Claparède**, Michel, comte. 1770- Forget sc.

*491 — — comte. R. lith.

492 **Clément XI**, pape. Dominico Rossi sc.

493 — XIII, pape. 1693- Nilson J. E. sc.

494 **Colbert**, Jean-Baptiste 1619-83. Edelinck. Mignard p.

495 **Coligny**, Gaspard IV, duc de. seigneur de Chastillon. Merlen Th. van p.

496 **Corneille**, Pierre. 1606-84. Chez Ménard et Desenne.

497 **Cotte**, Robert de. Drevet P. sc. Rigaud H. p.

*498 **Cottler**, Andreas. æt 44- 1625. Brun Isaac sc.

499 **Courville-Sulback**, Mme Mélia de.

500 **Craanen**, Théodore. Blooteling A. sc. Toornvliet J. del.

501 **Cramerus**, Matthias. Fleischmann sc.

*502 **Croy**, Gustave Maximil. Juste, prince de. Guérin C. sc. Kemann G. A. p.

503 **Crusius**, Martinus.

*504 **Dannhauer**, Joh. Conrad. æt 58. 1661. 1603-66. Kilian B. sc. Hopffer B. del.

*505 — — — Encadr.

*506 — — —

507 **Denon**, Vivant. ipse sc. Isabey p.

508 — — Guérin C. del. et direx. 1810.

509 **Desaix**, Herhan Elisabeth G. sc. Guérin J. del.

510 **Descartes**, René. 1596-1650. Aubert sc. Chez Ménard et Desenne.

511 **Deutschland**, Marie Thérèse. 1717-80. Ethion A. (chez Ménard)?

512 **Descartes**, René. Cornet Mme de sc. Sergent del. col.

*513 **Dieterlin**, Wendelin M.

*514 **Dietrich**, Phil. Fréd., élu maire. Color.

*515 — — ex-maire guillotiné à Paris. Muller C. sc.

516 **Dœbbelein**, D^{lle} als Ariadne. Berger D. sc. 1779. Tischbein H. W. p.

517 — Joh. Alexander. 1675.

518 **Dolæus**, Johann. Schenck Peter fec. et exc.
*519 **Dorsch**, Joh. Georg. 1597— Kilian L. fec.
*520 — — — Haffner Melchior sc.
*521 — — — I B (Isaac Brunn 1637).
*522 — — — Mentzel J. G. sc.
523 **Dyck**, Antoine van. Pfen. fec.
524 — — van Prenner del. et inc.
525 **Dubary**. Mme la comtesse.
*526 **Duboccage**, Mme. Tardieu fils sc. Loir Mlle p.
*527 **Dumas**, M. Hérault M. Foissey J. J. Guérin C. sc,
528 **Dumouriez**, général. Sigbert J. sc.
529 **Duquesne**, Abraham. 1610-88. Boilly Alp. 1822 sc. (Chez Ménard et Desenne.
530 **Dupuis**, Pierre, peintre. Masson Ant. 1663 sc. Mignard N. p.
*531 **Engelmann**, G. lith. J. Engelmann
532 **England**, Elisabeth queen. Hinton J. 1749.
533 — Carolus I. Dyck v p.
534 — Marie Stuart. 1542-87. Bonvoisin sc (Chez Ménard et Desenne.)
535 — — Fleischmann F. sc. Zucchori F.
536 — Georg III à cheval. 1738-. Probst Joh. Michel exc.
537 — Catherine Howard,(ép. de Henri VIII). Houbraken Jac. sc. Holbein p.
538 **England**, Henriette Marie 1609-69, (fille de Henri IV). Suyderhof f. Dyck
   Ant. v. p.
539 — — ép. de Charles Ier. Simonneau Car. sc. Werff
   van der p.
540 **Episcopus** Ludovicus.
*541 **Esmangart**, Claude Florand, préfet du Bas-Rhin. Grévedon H. lith. 1829.
542 **Erard**, Sébastien. Hardivillier sc. 183. ?
543 **Ernst**, Ad. 1831-86. Goutzwiller Ch. sc. 1871.
544 **Erwin**. Dessin, projet de statue.
545 **Espagne**, roi d'.
546 — — Philippe II. 1527-98. Chez Ménard et Desenne.
547 — Isabella Clara Eugenia, Wittwe des Erzherzog Albert. Vorster-
   mann L. sc. Dyck A. van p.
548 **Étienville**, Bette d'.
549 **Étrurie**, François Marie, fils de Ferdinand II, grand-duc d'. Halluech A. sc.
550 — — — fils de Ferdinand II, grand-duc d'. Gregori C.
   fec. Campiglia J. D. del.
551 — Éléonore d', fille de François Ier, grand-duc d'. Gregori C.
   del. et sc.
552 **Fages**, baron de.
*553 **Fagius**. Paulus. 1504-50.
554 **Fagon**, Guido Crescentius. Edelinck sc. Rigaud Hiac. p.
*555 **Faust**, Isaac, 1631-1702. Seupel J. A. sc. 1687. Hopffer B. p.
*556 — Isaac (plus âgé). Seupel J. A sc.
557 **Fay**, Léontine. Grévedon H. lith.
558 **Fénélon**, François de Salignac de la Mothe. 1651-1715. Massard Alex. sc.
   1823. (Chez Ménard et Desenne.)
559 — Bertonnier sc.
560 **Férino**. Herhan Elisab. sc. Guérin J. del.
561 **Ferrare**, Marie, duchesse d'Etrurie, ép. d'Alphonse II, duc d'. Halluech
   Adrien sc.
562 **Fléchier**, Esprit. 1632-1710. Chez Ménard et Desenne.

563 **Fleury**, Claude. Sysang J. C. sc.
564 **Fontange**, Marie Angélique d'Escorailles de Roussille, duchesse de. l'Armessin de sc. 1687.
565 **Foucault**, Nicolas Joseph. Schuppen P. van sc. 1698. Largillière N. de p.
*566 **Friderici**, Margaretha Maria geb. Geiger. 1654-92. Seupel J. A. sc.
*567 **Frid**. Kilian B. sc. Roos Théod. p. 1679.
*568 — (frère). Kilian B. sc. Roos Théod. p. 1677. Schmuets F. W. exc.
*569 **Friese**, Johannes. 1741. J. R. H. fec. 1793.
*570 **Frœreissen**, Joh. Leonhard, 1661-1723, Lutherburg P. J. sc 1724.
*571 — Isaac. æt 40. 1630. Kilian Lucas 1630 sc.'
*572 — — æt 39. 1630. Isaac Brunn fec.

FRANCE, Maison de (voy. aussi nos 909-935).

573 **Angoulême**, Marie Thérèse Charlotte. Cardon Ant. sc. Saint-Aubyn de p.
574 **Berry**, Charles Ferdinand, duc de. David del. et sc. 1821.
575 — Marie Louise Elisabeth d'Orléans (fille de Phlilppe, duc d'O.). duchesse de. 1694-1719. Rousselie sc.
576 — Marie Louise Elisabeth. Desrochers sc.
577 — duc et duchesse de. 1778-1820 Chez Gautier (B).
578 — Madame, herzogin v. Nordheim stahest.
579 — duchesse de. 1820. Hopwood. Marckl del.
580 — duchesse de. Maurin lith.
581 — duchesse de. Avant lettre.
582 — Charles de France. Duc de (**3e** fils du Dauphin).
583 **Charles IX**. 1550-74. Chez Ménard et D.
584 **Nemours**, Marie, duchesse de. Drevet P. 1707. Rigaud H. p.
585 **François Ier**. 1494-1547. Massard Alex. 1824. (Chez Ménard et D)
586 **Henri III**. 1551-89. Ethion A. sc. (Chez Ménard et D.)
587 **Henri IV**, médaillon color. Janinet. sc. 1777. Rubens P. P. p.
588 — Goulu F. S. sc. 1810. Porbus F. p. 1610.
589 **Heinrich**, Herzog v. Bordeaux. Brand Cæcilia lith. 1832.
590 **Henri IV**. (1553-1610).
591 — Frontispice. Patas sc. 1774. Gazard inv.
592 — Patas sc Desrais inv.
593 — (pointillé).
594 — Zschoch sc.
595 — Godin H. sc. Porbus F. fils p.
596 — Hauvents W. J. J. des. sc.
597 — (Chez Ménard et D.).
598 — rex Galliæ, eau forte ancienne anonyme.
599 **Marie Leczinska**. Chez Leullier.
600 — — Chez Desrochers E.
601 — — Mlle L'Héritier. Chez Desrochers E.
692 — —
603 — — Chez Sélis.
604 — — Nattier p.
605 **Élisabeth** Mme (sœur de Louis XVI). Delpech lith.
606 — — Pelé lith. Marckl del.
607 **Marie-Antoinette**. 1755-93. Bonvoisin sc. (Chez Ménard et Desenne).
608 — — Bonneville F. del et sc.
609 — — Nilson J. E. sc. et exc. Miltiz J. M. p.
610 — — Flameng sc. d'après Wartell J. F. (estampe).

611 Bourbon, Louis Henri Joseph de Bourbon-Condé, duc de. 1756-, Wangelisti del. et sc.

612 Bourgogne, Louis de France, duc de, petit-fils de Louis XIV. Desrochers E. sc. 1699 (fils aîné du Dauphin).

613 — — — Bertonnier sc Troye de p.

614 Condé, Princesse de, Claire Clémence de Maillé-Brezé. Moncornet exc.

615 — Louis II de Bourbon, prince de (le Grand). 1621-86. Massard Aⁿ sc. 1822. (Chez Ménard et Desenne).

616 Orléans, Philippe de France, duc d'. Roger Barty sc. Croizier J. d'ap. Nocret J.

617 — — — duc d'. 1674-1723, Régent. Boilly Alf. sc. (Chez Ménard et Desenne).

618 — — — duc d', frère de Louis XIV. 1640- (époux de Elisabeth Charlotte princ. palatine) L'Armessin de sc.

619 Louis, dauphin de France. Larmessin de sc. Tocqué et de La Tour p.

620 Louis XIII, n. 1627. Kilian Wolf.

621 — — Grimm S. fec.

622 Louis XIV. 1638-1715. hollande.

623 Louis XIV. Delpech lith.

624 — — Massard Alex. 1824 (chez Ménard).

625 — — Bollinger.

626 — — Marc. Marckl del.

627 — — Picar B. sc. et dir. 1728. hollande.

628 Louis XV. 1710-74. Houbraken J. Schumann A. del. d'après Vannloo C.

629 — — Dantel Pber. Roger B. J dir. Vanloo C. p.

630 — — Gaitte. Rigaud H. p.

631 — — Roy C.

632 — — Ethiou A. (chez Ménard).

633 — — Nilson Jo. Es.

634 — — en pied. Janet Fr. dir. Leroy Séb. del.

635 Louis XIV. Caronni Paulus sc. 1817.

636 — — Henriquez B. L. sc. Rigaud Hiac. p.

637 — — Mayer C. sc.

638 — — Vermeulen sc. Geuslin p.

639 Louis XVI. 1754-93. Massard Alexⁿ. **(chez Ménard).**

640 — — auf dem Schafot.

641 — — Roi, Reine, Prince Royal. Klauber frères.

642 — — Fils de Sᵗ Louis monté au ciel. Caron. Raffet del.

643 Marie Thérése Charlotte 1778- Louis Charles 1785-95. Sigbert J.

644 Louis XVI. col.

645 — — 1754- Voyez N. J. maj. sc.

646 Louis XV. Bernigeroth M. 1733 sc.

647 — —

648 — — chez Salis.

649 Louis XVII âgé de 8 ans.

650 Louis XVIII. Prætendent v. Frankreich.

651 — —

652 — — Klauber J. S.

653 — — comte de Provence. Louis Stanislas Xavier 1755- Vanloo p.

654 Charles X. Audouin P. sc. Saint p.

655 Louis XIV à cheval. Ridinger J. E. fec.

656 Henriette Anne d'Angleterre, ép. de Philippe, duc d'Orléans. Audran J sc. Werff van der p.

657 **Anjou**, Philippe V, duc d', petit-fils de Louis XIV. Paris chez Gantrel E.

658 **Louis Philippe I**. Delpech lith.

659 — — Nordheim stahlst. Gérard del.

660 — — Hermonderbois lith. et David Jules.

661 **Marie Amélie**, L. V^r lith.

662 **Orléans** Ferdinand Philippe, duc d'. Dupont H. sc. 1830.

663 — — — duc et duchesse d'. Adam Victor lith.

664 **Condé**, Henri de Bourbon, prince de. Miger sc.

665 **Enghien**, Henri Jules de Bourbon, duc d'Anguien. Mar. L. sc. Mignard Romanus p.

666 — — — de Bourbon, duc d'Anguien. Nanteuil 1661 sc. **Mignard** Romanus p.

667 **Aumale**, duc d', 4e fils. Legrand A^{te} lith.

668 **Orléans** Elisabeth Charlotte, Palatine, duch. d'. 1652-1722. L'Armessin de sc.

669 — Marie Françoise de Bourbon, duch. d'. 1677-1749. chez Crépy.

670 — Elisabeth Charlotte, Palatine, duch. d'. Hortemils Marie sc. Rigaud Hiac. p.

671 — Louis Philippe d', duc de Chartres. Blanchard sc. Cogniet p.

672 **Joinville**, princesse de (Francisca), fille de Dom Pedro I, emp. du Brésil. née 1824.

673 — — Legrand A^{te} lith.

674 **Autriche**, Anne d'. 1602-66. Bonvoisin sc (chez Ménard)

675 — — Visscher L. sc. van Loo p.

676 **Bourbon** Anne Marie de (fille du duc d'Orléans). Wyngærde Franz van der sc.

677 **Bourbon-Conty**, Marie Thérèse de, fille de Henri Jules de Bourbon-Condé et d'Anne, comtesse palat., ép. 1688 François Louis de Bourbon-Conty, v. 1666. Larmessin N. de.

678 **Conty**, princesse de, fille aînée du prince de Condé. Desrochers E.

679 **Bourbon** Louis Alexandre, comte de Toulouse. Drevet P. Rigaud H.

680 **Médicis** Catherine de. 1519-89 (chez Ménard).

681 — — — Hopwood sc.

682 **Marie Joséphe de Saxe**, dauphine de France. Larmessin de sc. Vanloo p.

683 **Savoie** Marie Josephe Louise, princesse de Savoie n. 1753, ép 1771? du comte de Provence. Duhamel sc. Queverdo del.

*684 **Fürstenberg** Guillaume Egon de, évêque de Strasbourg chez Larmessin de.

*685 — — — — Renard Ludovic exc.

*686 — François Egon de, évêque de Strasbourg.

*687 — Guillaume Egon. Vermeulen C. sc. 1692. Calambel N. p.

688 **Galloche** Louis. Müller J. G. sc. 1776. Tocqué L. p.

689 **Gaubius** Hieronymus David. Houbraken J. sc. 1744. My, H. van der. p. 1741.

*690 **Gayot**, François Marie. Striedbeck Jean sc.

*691 **Geiger**, Joh. Jac. (Seupel Joh Adam sc.

692 **Gellert** C. F. Bause J. F. 1797. Oeser A. F. p.

*693 **Gérard**, préteur royal.

694 **Gerbert** Martin. Verhelst E. fec.

695 **Gernler** Lucas.

*696 **Geyler** Johann v. Kaysersberg. - 1510. Bc.

*697 — — v. Kaysersberg.

*698 — — v. Kaysersberg.

699 **Gœthe** Wolfgang. (Lips?) vor der Schrift.

*700 **Golbéry** Philippe de. Beyer J. D. fec. Lith. Engelmann.

701 **Goltzius** Dominicus. æt 48. Schœnebeck Adr. sc. (Iwan Hardenberg exc.)
702 **Goltzius** Hubertus. Hr. exc.
703   —   —
704 **Gomarus** Franciscus.
705 **Gothofredus** Denis 1549-1622.
706   —   —   æt 56. HB 1605.
*707 **Grad** Charles 1842-90. Thiriat sc. (bois).
708 **Grammont** Antoine, comte de, et de Guiche. Aubry Peter exc.
*709 **Grandidier** P. A. Beyer J. D. fec. lith Engelmann & Cⁱᵉ.
*710   —   —   Flaxland lith. lith. Simon fils.
711 **Granvillars** Nicolas Barbo de. Bruggen Joan v. der 1682 fec.Largillière
    N. de p.
*712 **Greuhm** Andreas. 1624-1706.Seupel Joh. Adam del. et sc.
713 **Greuze** Jean Bapt. Flipart J. J. sc. 1763? ipse del.
714   .—   —   Hesse lith. 1823. lith. de Villain.
715 **Grimm** Simon 1611-69. Kilian Phil. sc.
716 **Gualther** Rudolph.
*717 **Guérin** Christophe. Beyer J. D. fec. lith Engelmann.
*718 **Gutenberg** Joh.
*719   —   —   -1468. Gaillard sc. Robert J. del.
*720   —   —
*721   —   —   Simon E. & fils lith.
*722   —   —   Berliner A. del. et lith. lith. Simon fils.
723 **Habrecht** Isaac. æt 64. 1608. Rhein lith. Schultz & Cᵒ lith.
*724 **Haffner** Isaac 1752-. Schuler Ch. 1804 sc. Guérin C. del.
*725   —   —   Beyer J. D. lith. Engelmann & Cⁱᵉ.
726 **Harcourt** Henri, duc d'. 1654-1718. Cheveau jun. sc. Rigaud Hyac. p.
*727 **Hedio** Caspar.-1552.
*728   —   —
*729   —   —
730 **Heermann** Joh. 1642 æt. 56. Kilian Wolfgang sc.
*731 **Helbach** Friedrich ab. 1568-.
*732 **Hell** François Joseph Antoine.
*733   —   —   —   —   Michel Chr. sc.
*734   — M. F. J. A. de. 1731-. Courbe sc. Gros del.
*735 **Helmsdorf** F. Beyer J. D. fec. lith. Engelmann.
736 **Helvetius**. Alix P. M. sc. Garnerey pinx d'ap. Vanloo. col.
737 **Herauld** Jean, signé De Gourville. Edelinck sc. Rigaud Hiac. p.
*738 **Herrenschneider** L. Beyer J. D. fec. lith. Engelmann.
*739 **Heinrici** Joh. Theobald. Seupel Joh. Adam sc. 1690.
740 **H ..nn**. Anonyme.
741 **Hoffmann** Joh. Maurice n. 1653.
*742 **Hofman** Melchior v. Strasburg.
743 **Hogarth** William. Payne A. H. sc.
*744 **Hohengeroldseck** und Sultz, Jacob v. (zu pferd). Kieser Eberh. exc.
*745   —   —   Jacob v. Heyden Jac. v. der sc.
746 **Hohenlohe** Georg. Friedr., Graf v. Langenburg.
*747 **Hohenlohe-Schillingsfürst**, Alexandre, Prince d'. Engelmann G. lith.
748 **Holach** Philipp Graf, baron v. Langenberg.
749 **Hollar** Wenceslaus 1607-. Meyssens p. et exc.
750 **Hozier** Ch. d'. Hubert sc. Dumontier del.

751 **Hozier** Pierre d'. 1592-1660. Cars J. sc.
752 **Huet** Pierre Daniel. 1630-1721. Jongman W. sc.
*753 **Ingold** Franc. Rud. Aubry Peter sc.
 754 **Iselin** Isaac. Mechel J. J. sc.
 755 **Ittigius** Thomas. Schenk Peter fec.
*756 **Jeanjean** Antonius. 1727-. Verhelst in Mannheim sc. Tanisch Monica p.
 757 **Josephus II** Archi Dux Austriæ. Johann Michel Probst excud.
*758 **Jundt** Gustave. Lurat Abel aq. f. Pille Henri p.
*759 **Junius** Melchior.
*760 **Kammerer** (libraire). Schuler C. sc. 1846.
*761 **Kellermann** Franç. Chr. 1737-. Bonneville F. sc. et del.
*762   —
*763   —   Villeneuve sc.
*764   —   Texier sc. Moreau del.
*765   —
*766   —   Bourgeois sc. Hilaire del.
*767   —   duc de Valmy.
*768   —   en pied. Beyer F. Ch. à Paris.
*769   —   Delpech lith.
*770   —   à cheval. chez Jean à Paris, colorié.
*771   en pied. chez Basset à Paris.
*772 **Kentzinger** Ant. de. Levrault F. G. lith.
*773   —   —   Beyer J. D. fec. Engelmann G. lith.
*774 **Khunius** Joh. Caspar. 1655-1720 Lutherburg P. J. sc. Kirchberg pinx.
*775 **Kirstein** J. F. Wittmann lith. lith. Simon.
*776 **Kirstein** J. F. Beyer J. D. fec. lith. Engelmann
*777 **Kleber** J. Bapt. en pied. Alix P. M. sc. Boilly A. p.
*778   —   —   à cheval. Beyer lith. Regnault p.
*779   —   —   profil à g. Choffard P. P. sc. Guérin J. del.
*780   —   —   Hopwood sc. Guérin J. del.
*781 **Klebert** (sic). Bonneville F.
*782 **Kleber** J. Bapt. Michelet sc. (bois).
*783   —   —   buste. Fiesinger G. sc. Guérin J. del.
*784   —   1754-1800.
*785   —   Rémon sc.
*786   —   Herhan Elisabeth G. sc. Guérin J. del.
*787   —   Ruotte L. C. sc. Boilly L. p.
*788   —   avec texte. Boilly Alp. d'apr. M. Fontaine.
*789   — avec assassinat. Duplessi-Bertaux aq. f. Duplessi-Berteaux inv. et del.
*790   — en pied.
*791   —   à Héliopolis. Vallot sc. Charpentier del.
*792   —   à cheval. Clésinger stat.
*793   —   buste. Schleich sc. Guérin J. del.
*794   —   buste. At fec. 1819.
*795 **Koch** tribun 1807. Chrétien del. et sc.
*796   — Christiane Henriette. Bause J. E. sc. 1770. Graff Anton pinx.
*797 **Kœchlin** J. Beyer J. D. fec. lith. Engelmann.
*798   — député. Villain lith.
*799 **Kleber** à cheval. à Paris chez Jean. color.
*800   —   Geoffroy sc. Ansiaux pinx.
*801   —   Morel sc. Boilly del.

802 **Kolbius** Eberhard.
803 **Kuchlinus** Johannes.
804 **Kulmann** Elisabeth. Barth C. sc. Catozzi stat.
*805 **Kieffer** Johann 1645. Aubry Peter sc.
806 **La Rochefoucauld.** St Aubin Aug. sc. Monsiau N. del.
807 **Largillierre** Nicolas de. J. G. Will sc. ipse p.
808   —   —   avec encadrement. J. G. Will sc. ipse p.
809   —   —   1656-1746.
810 **La Tour** Mlle de. chez Basset.
811   —   Châtillon- Zur lauben Beat Jacques, baron de, 1656-1704. Niquet sc.
812 **Lauth** Th. Beyer J. D. fec. Engelmann lith.
813 **La Fontaine** Solare de la Boissière, Marie Gabrielle Louise de. Petit sc. de La Tour M. Q. pinx.
*814 **La Galaiziére** Antoine de Chaumont de. Guérin Chr. del. et sc. 1781.
815 **La Motte-Piquet** Guillaume de. Saint-Aubin Aug. de sc. Cochin C. N. fils del.
*816 **La Tour d'Auvergne** Frédéric Constantin de, chan. de Strasbg. Thomassin S. sc. 1714. G. Allou pinx.
817 **Lavater** Jean Gaspard. Anonyme.
818 **Lafontaine** Jean. 1621-95. chez Ménard et Desenne.
819 **La Fayette** Marie Paul Joseph R. Y. G. Mottier. Guérin C. sc. 1792. Weyler J. p.
*820 **La Galaiziére** Ant. de Chaumont de. Guérin Chr. 1781.
821 **Laubespine** Marie de. Drevet P. sc. Largillière N. p.
822 **La Guériniére** François Robichon de. Thomassin S. R. sc. Toquet p.
823 **La Melleraye** M. de, duc et pair. Gantrel S. 1679 sc. Bon de Boulogne p.
824 **Lamballe** M. Th. Louise de Savoie-Carignan, Princesse de. 1749-.
825 **Lambert** Mme de. 1647-1733. Boutrois sc. Mignard p.
826 **Laporte** Joseph de. Ingouf jun. sc. 1780. Pougin de St Aubin p.
827 **La Meilleraie** Charles de La Porte, duc de. Duflos sc.
828 **Laubanie** Mr de.
829 **La Mothe** Cte de.
830 **Lavater** Joh. Caspar. 1741-1801. Haid J. E. sc. Wocher M. del. 1799.
831 **La Motte** Cte de. chez Basset.
832 **La Motte** Comtesse Jeanne de St Remi de Valois. 1756.
833   —   —   —   St Remy de Valois. chez Basset.
834 **Lebrun** Carlo pittore. 1619-90.
835   —   Charles, 1619-1690. Desrochers E. sc.
836   —   —   Dupin P. sc. Largillière N. de p. (Babel encadr.)
837 **Lefèvre d'Etaples.** Converset del. lith. de C. Motte.
838 **Lebrun** Mme. Maurin lith.
*839 **Lefévre** Joseph, maréchal. Fiesinger G. sc. Mengelberg pinx.
*840   —   —   1755-1820.
*841   —   —   Joly J. N. sc. Meyer del.
*842   —   —   Delpech lith.
*843   —   —   à cheval. à Paris chez Jean.
*844   —   —   Maurin lith. lith, Delpech.
845 **Le Guet d'Esigny** (d'Oliva).
846 **Le Tellier** Louis François, marquis de Barbezieux. Vermeulen C. sc. Mignard P. p.
847 **Leibnitz** Godefroi Guillaume. Bernigeroth sc.
848 **Le Lorrain** Robert. Tardieu J. Nic. 1749. Nonnotte pinx.

849 **Lemercier**. Hubert sc. Dumontier del.
850 **Lenclos** Ninon de. Bollinger sc.
*851 **Léon IX** (Bruno), pape.
852 **Léon X** (Jean de Médicis). 1475-1521. Massard Alex sc. 1824 (chez Ménard et Desenne).
853 **Leramberg** Louis, sculpteur. 1614-70. Müller J. G. 1776. Belle N. S. A.
854 **Less** D. Gottfried. Geyser sc. Abel del.
855 **Le Tellier** Charles Maurice, archevêque. Schuppen P. van sc. 1677. Mignard P p.
856 **Leuchtenberg** Augusta Amélie, duchesse de. 1788-1851. Sidler Jos. lith.
*857 **Lezay-Marnesia** Adrien de. Guéri. C. sc.
858 **L'Hopital** Michel de. 1505-73. chez Ménard et Desenne.
*859 **Lichtenberger** J. F. Beyer J. D. fec. Engelmann lith.
860 **Liechtenstein** Joh. Simon Franç. de. Stridbeck J. fec.
861 **Limborch** Philipp v. Anonyme.
*862 **Lipp** Johann. æt 64. 1618 (Heyden J. v. der sc.)?
863 **Linné** Ch. Alix F. M. sc. Roslin pinx. color.
*864 **Lobstein** Jacques Frédéric Daniel. Chrétien sc. Fournier del
865 **Lœwendal** Waldemar de. Will J. G. sc. 1749. La Tour M. Q. de p.
*866 **Lorenz** Sigism. Fréd. 1727. Haid J E. sc 1779. Gerhard Math. Christ. p. 1779.
867 **Lorraine** Charles duc de. Jode Petrus de exc. Crayer Gasp. de p.
868 — François de. duc de Guise. 1519-63. chez Ménard et Desenne.
869 — Henry prince de, marquis du Pons. Leer Thomas de exc.
870 — Marie de, duchesse de Guise, princesse de Joinville. Masson Ant. sc. 1684. Mignard P. pinx.
871 — François, comte de Vaudemont et Christiane, comtesse de Salm. anonyme.
872 — Charles Henri de, prince de Vaudemont. Larmessin N. de sc. Ranc p.
873 **Loth** le père, minime. chez Basset.
874 **Louvois** François Michel Letellier, marquis de. 1641-91, Gaillard sc. Le Fébure C. p.
875 **Luckner** maréchal. à Paris chez Basset.
876 **Ludolfus** Jobus. Schenck Peter fec.
*877 **Lycosthenus** Conradus v. Ruffach. 1515-61.
878 **Luxembourg** François de Montmorency, duc de, maréchal. Vermeulen C. sc. 1694. Rigaud H. p.
879 **Magalotte** Bardo Bardi. Vermeulen C. sc. 1693. Largillière de pinx.
880 **Mailly** Mme de. Masquelier N. F. J. sc. 1702.
881 **Maisonneuve** Magnier de. Noel L. lith. 1845. Pérignon A. p. 1844.
882 **Malesherbes**. Fournier sc. Markl del.
883 **Mansard** Jules Hardouin. Edelinck sc. Rigaud H. p.
884 **Mappus** Marius. 1632-1701. Seupel Joh. Adam sc. Savoyet P. pinx.
*885 **Marbach** Johann. 1521-81.
*886 — Philipp.
887 **Marlborough** Jean, duc de. à cheval. Schenk P. sc.
888 **Marcilly** M^r.
889 **Matter** J. Beyer J. D. fec. Engelmann lith.
890 **Mechel** Chrétien de, 1787. Méchel J. J. de sc. Hickel Ant. p.
*891 **Mentel** Johannes. 1410?-1478. Rösler Michel fec.
*892 — Johannes. Grieshaber lith. (Bœhm M. F.) Kübler p.

*893 **Meyer** François Antoine méd. 1754-89. Le Tellier sc. Labadye del.

894 **Michel** Angelo.

895 **Mignard** Pierre. Schmidt G. F. 1744. Rigaud H. p. 1691.

896 **Milly** Nicolas Christierne de Thy, comte de. Thomas N. sc. 1781. Notti J. p.

897 **Mirabeau** Honoré Gabriel Riquetti. 1749-91. Alix P. M. sc. L. p. color.

898 — — — — Massard Alex^n sc. 1824. (chez Ménard et Desenne).

899 **Mollère** Jean Baptiste Poquelin. 1620-73. chez Ménard et Desenne.

900 **Monbason** Marie de Bethaigne, duchesse de. Moncornet Baltasar sc.

901 **Montausier** Charles de Saint-Maure, duc de. Larmessin de sc.

902 **Moreau,** général. Delaistre sc. Guilleminot A, del.

903 **Morion** Nicolas (Claus Narr). Heyden Jac. v. der exc.

904 **Müller** H. Ch. 1784-1846. Leroux sc. Schuler Ch. del.

905 **Mulot** François Valentin. Villeneuve sc. 1791. col.

906 **Murat** Prince. Delpech lith.

907 — Caroline, Princesse reine de Naples 1782-1839. Thélott Ernest sc. Chaudet stat.

*908 **Musculus** Wolfgang. H. fec.

909 **Napoléon I** en pied. Antoine E. de Schlestadt lith. lith. E. Simon.

910 — buste. Merghen R. sc. Tofanelli F. del.

911 — genoux. Schuler E. et Metzgeroth G. Gérard F. p.

912 — 1769-1821. Vallot sc. David p.

913 — **Bonaparte.** Geoffroy sc. Isabey del.

914 — — Herhan Elisab. G. sc. Guérin J. del.

915 — **Napoléon I**. photot. Detaille p.

916 — **Bonaparte** à cheval. Journet Louis sc. Gérôme stat.

917 — **Napoléon I**^er se couronnant (sacre). chez Basset.

918 **Jérôme Napoléon,** prince de Montfort, roi de Westphalie. Heillmann fec.

919 — — prince de Montfort, roi de Westphalie. Duthé term.

920 **Joseph Napoléon,** roi de Naples et Sicile. 1768-1844. Douas sc. Duthé term.

921 **Louis Napoléon** roi de Hollande, 1778. couronné 1806. Douas sc. Desbordes del Duthé term.

922 **Reichstadt** François Joseph Charles. 1811-32. Meichelt Ch. sc. Stubenrauch Ph. del. 1820.

923 **Joséphine** Tascher de la Pagerie, veuve Beauharnais. Ransonnette Ch. sc. Isabey inv.

924 **Marie Louise.** Bavin jeune lith. lith. Delpech.

925 — — Meichelt.

926 — — Delpech lith.

927 — — Verico Ant. sc. Biseich L. del.

928 — — 1791-. Fortier sc. Desrais del.

929 — — Jügel sc.

930 **Bonaparte** Lætitia Delpech lith.

931 — mère. Prota G.

932 **Marie Louise?**

932bis **Madame Buonaparte.** Caricature.

933 **Napoléon III.** 1808-. Charpentier A. lith.

934 — — Desmaisons lith,

935 — Louis Lucien. 1813-. Charpentier A. lith.

936 **Nangis** Claude Louis François de Regnier, comte de Guerchy, marquis de. Watson J. fec. Vanloo M. pinx.

*937 **Nasser** Bartholomæus. 1560-1614. Heyden Jac. v. der sc.
 938 **Necker.** C. H. G.
 939 **Nestier** de, écuyer. Daullé sc. 1753. Delarue f. 1751.
 940 **Newton** Isaac. 1642-1727. Hulot C. sc. chez Ménard et Desenne.
 941 **Neufville,** cardinal. Thourneysen J. sc. Mignard N. f.
 942 **Ney,** maréchal, duc d'Elchingen, Pr. de la Moskowa. Tardieu Alex del.
       et sc. 1814. Gérard F. p.
 943 **Noailles,** maréchal de. Cathelin sc.
 944   —   Mme la marquise de. Hedouin Edm. sc. Lagrenée L. J. F. pinx.
*945 **Obrecht** Ulric. Seupel J. A. sc. Merian J. M. p.
*946 **Oberlin** Jérémie Jacques. æt. 66. Schuler Ch. Louis del. et sc. 1801.
*947   —   J. J. Beyer J. D. fec. lith. Engelmann.
*948   —   G. J. 1770-1829. lith. Engelmann.
*949 **Obrecht** Georg. G. ✕ J.
 950 **Oelhafi** Nic. Hieronym.
*951 **Oesterreich.** Leopoldus archidux bischof v. Strassb.
*952   —   —   (holland).
*953   —   —   (holland).
*944   —   —   archidux landgr. Alsat.
*935   —   Leopold Wilhelm bischof. Moncornet B. exc.
*056   —   —   Wilhelm bischof. Aubry Peter exc.
*957   —   —   Wilhelm. 1614. chez Davet 1654.
 958   —   Albert le Sage, duc d'Autriche. 1288-1358. Krafft fecit.
 959   —   Josephus II archidux. Probst J. M. exc. applicat. d'étoffes.
 960 **Charles-Quint.** 1500-58. Coignet Mlle sc. chez Ménard et Desenne.
 961 **Marie Thérèse.** Kilian Ph. Andreas. Sauvage del. et p.
 962 **Opitius** Martin.
 963 **Orange** Prince d', enfant. Picart B. sc.
 964 **Ohmacht** Landolin. Beyer J. D. fec. lith. Engelmann.
 965   —   Landolin. Flaxland lith. lith. Simon fils.
 966 **Orange** Anna (Kronprinc. v. England), gemahlin v. Prinz Wilh. IV v.
       Oranien. Houbraken J. 1750 sc. Pothoven del.
 967 **Otto** Louis Guillaume. Cardon Ant. sc. Boze J. pinx.
*968   — Marcus. J. R. H. fec. 1792.
*969   —   — Jode P. de sc. 1649. Hulle Ans. van pinx.
 970 **Paine** James cadet. Berger Daniel 1775.
*971 **Pappus** Johann.
*972   —   —   æt 61. Brunn Isaac sc.
 973 **Paracelsus** Aureolus Phil. Theophr.
 974 **Parrocel** C. Cochin C. N. et Dupuis N. sc. Cochin C. N. fils del.
 975 **Perronet** Jean Rodolphe. 1708-94. St Aubin Aug. de sc. Cochin fils del.
 976 **Pfalz.** Ludovicus VI elector palat.
 977 **Perrault** Claude. Edelinck G. sc. Vercelin pinx.
*978 **Pfeffel** Konrad Gottlieb. 1736-. (Meyer Conv.-Lex.)
*979   —   —   —   Henne E. 1787.
*980   —   —   —   lith.
*981 **Pfeffinger** Joh. Friedrich. Mentzel J. G.
*982 **Pfeil** Joh. Wolfgang. Kilian B. sc.
 983 **Pick** Servas. 1592-1670. Kilian P. sc. Trescher J. F. p.
 984 **Picon** J. B. Louis. 1719. Rigaud H. p.
 985 **Piles** Roger de. 1635-1709. Picart B. sc. 1704.
 986 **Piscator** Joh. 1546-1625. æt 80.

987 **Pitt** William. 1759-1805. Coignet Mlle sc. (chez Ménard et Desenne.)

988 **Pius VI** Pontif. Max.

989 **Poissonnier** Petrus. Benoist G. P. sc. 1774. Peronneau p. 1755.

990 **Pologne.** Stanislas roi de. Leszinski.

991 — Opalinska Catherine 1680. Desrochers E.

992 — Marie de Gonzague ép. (1645) de Ladislas IV, puis de Casimir. Droyer sc. Dugoitre del.

993 **Posthius** Joh. 1537-97. Haid J. J. exc.

994 **Poussin** Nicolas. Bollinger sc.

995 **Preisler** Jean Martin. 1715-43. Will J. G. sc.

996 **Preussen.** Frédéric le Grand. 1712-86. Marais H sc. Graf A. p.

997 — — —

998 — — —

999 — Friedrich Heinrich Ludwig, Prinz v. 1726-. Nilson J. E.

1000 — Frédéric II (Charles). 1712-86. Anonyme.

1001 — Fridericus Heinricus Ludovicus, Prinz v.- Probst J. M. exc. applicat. d'étoffes.

1002 **Prévost** Mlle. Grévedon H. lith.

1003 **Quinault** Philippe. Edelinck sc.

1004 **Quintinye** Jean de La. Edelinck sc. Marc Richart de La pinx.

1005 **Racine** Jean, 1639-99. Bonvoisin sc. chez Ménard et Desenne.

1006 **Raphael.** 1483-1520. chez Ménard et Desenne.

1007 **Rapin de Thoyras.** 1661-1725. Goldar sc. Brandon J. pinx.

*1008 **Rapp** J. le comte. Beyer J. D. fec. lith. Engelmann.

*1009 — — Forestier sc. Tardieu Ambros. direx.

1010 — — Schuler Th. lith. d'après Bartholdi. Simon E. imp.

1011 **Raynal** Guillaume Thomas François. 1713-96. chez Ménard et Desenne.

1012 — — — — Alix P. M. sc. Garnerey p. color.

1013 — — — — Launay N. de. Cochin C. N. del. 1780.

*1014 **Rapp** à Austerlitz, à cheval. Woolfe sc. Gérard p.

*1015 **Rappolstein** Christian, comte de. Seupel J. A. del. et sc. 1706.

*1016 **Rathsamhausen** zu Ehenweier, Joh. Wolfgang. Seupel J. A. sc.

*1017 **Ratisbonne** Théodore. 1802-84. Feret fecit d'apr. photo.

1018 **Ravaillac** François, et l'assassinat de Henri IV. anonyme.

*1019 **Rebhan** Joh. 1689. Seupel J. A. del. et sc.

*1020 **Reber** J. G. Beyer J. D. fec. lith. Engelmann.

1021 **Récamier** Mme. Buchhorn fec.

*1022 **Redslob** F. H. Beyer J. D. fec. lith. Engelmann.

1023 **Reinbeck** Joh. Gustav. Haude Ambr. exc.

1024 **Reinhard** Dr Franz Volkmar. Stœlzel C. F. sc. 1813. Charpentier G. v. p.

1025 **Reiseissen** Franciscus. 1631-1710. Seupel J. A. del. et sc.

1026 **Rembrandt.** ipse reprod. aquaf.

1027 —

1028 — Lecler lith. lith. Ducarme.

1029 — Earlom R. fec. Rembrandt p.

*1030 **Reuchlin** Friedrich Jacob. æt 91. 1785. Guérin C. aq. f. 1785. Kugler Ph. J. del.

*1031 — — Jacob. Hegi sc.

*1032 — Joh. Caspar. 1714. Fritzsch J. C. G. sc.

1033 **Restout** J. Le Vasseur sc. Restout fils pinx.

*1034 **Reusner** Nicolaus. 1545-1602.

*1035 — —

*1036 **Rewbel** Jean. 1746-1801. Compagnie J. B. sc. Bonneville F. del.
*1037 — — 1746-1801. Fiesinger sc. Guérin J. del.
*1038 — — Clæssens L. A. sc.
*1039 — — Klauber Gebrüder sc.
 1040 **Richelieu** Armand du Plessis. Savart P. sc. 1774. Champagne p.
*1041 **Rhenanus** Beatus. Anonyme.
*1042 **Richshoffer** Daniel. 1640-95. Seupel J. A. sc.
 1043 **Rigaud** Hiacynthe. Delpech lith.
*1044 **Richter** François Xavier. Guérin C. fec. 1785.
 1045 **Rigaud** Hiacynthe. 1663-1743. Anonyme. color.
 1046 — — Kleinschmid J. J. sc. Rigaud p.
 1047 — — Drevet P. sc. Rigaud p.
 1048 — — et Elisabeth de Gouix, sa femme. Daullé J. 1742 Rigaud p.
*1049 **Ristelhuber** Paul. Abot E. aq. f.
*1050 **Ritter** Lucas Sebastian. 1648-1709. (J. A. Seupel?)
*1051 **Rodinghausen** Wilhelm Lothar Bernhard Ducker, v. Bischöfl. rat Strass-
      burg. Quiter H. L. p. et exc.
*1052 **Rohan** Armand Gaston. Cars L. sc. Rigaud H. p.
*1053 — — — Cars L. filius sc. Rigaud H. p.
*1054 — — — Trouvain A. sc. Jouvenet jun. p.
 1055 **Röber** Paul.
 1056 — —
*1057 **Rohan-Soubise** Armand Gaston, évêque de Strasb. 1674-. Desrochers E. sc.
*1058 — — — Dupin P. sc. Rigaud Hiac. p.
*1059 — — — Crespy sc.
*1060 — — Haldenwanger Fr. N. fec.
*1061 — — Kolb Joh. Christ.
*1061bis — — Anonyme.
*1062 — Armand (Seupel J. A. sc.)?
*1063 — Louis Constantin. 17..-1779. Guérin C. sc. 1776.
 1064 — — — Negges J. S. sc.
 1065 — — — Cunego D. sc.
*1066 — — René Edouard Guéménée. Duval E. del. 1786.
*1067 — — — Edouard- Wachsmut M. sc.
 1068 — — — — Voyé le Jeune sc.
*1069 — — — — bistre et color.
*1070 — — — — F. D. sc. et del.
*1071 — — — — profil. Campion de Tersan sc. Cochin C. N.
      del. 1765.
*1072 — — — — profil. Romanet A. sc. Lorraine de del.
 1073 **Oesterreich** Franciscus I Nilson J. E. sc.
 1074 **Roos** Joh. Heinrich. Kilian Philipp sc.
 1075 **Rosa** Salvator. 1615-86. color.
*1076 **Rosen** Reinhold.
 1077 **Rousseau** Jean Baptiste. 1670. Friquet sc. 1763-. Aved p. 1736.
 1078 — Jean Jacques. 1712-78. Massard Al. sc. 1822. chez Ménard et
      Desenne.
 1079 — — — 1712-78. Alix P. M. sc. Garnerey pinx. color.
 1081 **Rubens** P. P. 1577-1640. avec chapeau. color.
 1082 — P. P., tête nue. color.
*1083 **Rudler** J. M. Courtois lith.

*1084 **Rumpler** F. L. de Rorbach.
*1085   —   —   —
 1086 **Ryhiner** Joh. 1728-90. Hübner B. sc. 1790. Hickel A. pinx. 1781.
*1087 **Sagllo**, député (1819).
 1088 **Saint-Fargeau**, L. M. Le Pelletier de. 1760-93. Montalande la citoyenne
      sc. Desrais del.
 1088bis Saint Huberti Mme de. Chez Esnautes Rapilly.
 1089 **Sainte-Marthe** Scévole de. Edelinck sc.
*1090 **Saltzmann** Baltasar Friedrich. 1689. Seupel J. A. del. et sc.
*1091   —   Johann Rndolph. 1637. Aubry P. sc.
*1092   —   —   —   Aubry P. sc.
 1093 **Savoie** Eugène François, Prince de. 1663-1736. chez Ménard.
 1094   —   Victor Amédée Marie. 1726-. Nilson J. E. sc. Stampa Claudius
      Nicol. del,
*1095 **Saxe** Maurice, Cte de. Heimlich inv. del. sc. 1776.
 1096   —   —   Cte de. Duflos P. sc. Touzé del.
 1097   —   —   Cte de. Vangelisty V. fec.
 1098   —   —   à cheval. chez Charpentier à Paris.
 1099   —   Fridericus Augustus, elector. Nilson J. E. sc.
 1100   —   Madeleine Augusta, veuve de Frédéric II de Saxe-Gotha. Windter
      J. W. sc. 1742. Schilbach J. C. p.
*1101 **Schallerus** Jacob. æt. 47. 1651. Aubry P. exc.
 1102 **Schifflin** Christoph Raymund. æt. 38. Vogel Bernhard sc. 1707.
 1103 **Schiller**. 1760-1805. Oberthür F. fec. 1812.
*1104 **Schilling** Joh. Christoph. Aubry P. sc.
*1105 **Schilter** Joannes. 1632-1705. Bernigeroth sc.
*1106 **Schmidt** Joh. 1594-1658. Aubry P. sc.
*1107   —   —   1648. æt. 54.
*1108   —   —
*11 9   —   —   æt. 34.
*1110   —   —   1594-1658. Romstet C. sc.
 1111   —   Michael Ignatius. Bock C. W. sc. 1785. Hickel J. p.
*1112 **Schmid** Sebastian. æt. 78. 1694. Seupel J. A. del. et sc.
*1113   —   —   1627-96. Böcklin Joh. Chr.
*1114 **Schmidt** Sebastian. Aubry Pet. sc.
*1115 **Schneegans** Charles Frédéric. Dreyfus Clément lith.
*1116 **Schneider** Jan Balthasar.
*1117 **Schœn** Martin. Beyer J. D. fec. lith. Engelmann.
*1118 **Schœpflin** Joh. Daniel. 1694-. Verelst E. sc.
*1119   —   —   —   Beyer Joh. Dan. fec.
*1120   —   —   —   Haid J. J. sc. Hauwiller pinx.
*1121   —   —   —   Metzger J. R. sc. 1762. Heilmann pinx. 1746.
*1122 **Schœtterlin** Wolfgang.
*1123 **Schrag** Joh. Adam. Seupel J. A. sc. Hopffer Barthol. pinx.
*1124 **Schulmeister**. Schuler Ch. A. lith. 1839. lith. E. Simon.
*1125 **Schulz**, député à Ratisbonne.
*1126 **Schweighäuser** Joh. Thomson sc. Lewis del.
*1127 **Schweighæuser** J. Beyer J. D. fec. Engelmann & Cie lith.
*1128   —   J. G. Beyer J. D. fec. Engelmann lith.
*1129 **Sebitius** Melchior. 1613. æt. 74.
*1130   —   —   1539-1625 (Stimmer T. sc.).
*1131 **Seubert** Joh. Jacob. Kilian Bart. sc. 1676. Roos T. del.

1132 **Sévigné** Mme de. Boilly A. sc. Boilly J. del.

1133 **Secousse** François Robert. Audran J. sc. Rigaud H. p.

*1134 **Sherer**, général. Schmidt H. sc. Darnstedt J. A. p. 1799.

1135 **Shore** Jane. Bartolozzi F. sc. Harding S. del.

1136 **Serre** Maria, mère de Hiacynthe Rigaud. Drevet sc.

1137 **Sixte V**, pontif. 1521-90. chez Ménard et Desenne.

*1138 **Sleidan** Joh.

*1139   —   —   1506-1556 (Stimmer T.) holz sc.

*1140   —   —

*1141   —   —   H. Hond f.

1142 **Sontag** Mlle. Grevedon H. lith. 1830.

*1143 **Specklin** Daniel. 1536-1589. Bry J. Th. de fecit.

*1144 **Spielmann** Jacob Reinbold. Beyer J. D. fec. Engelmann lith.

*1145   —   —   —   Guérin C. sc. 1781.

*1146 **Stædel** Josias. 1627-1700. Knorr fec.

*1147   —   —   Seupel J. A. del et sc.

1148 **Staël-Holstein** Mme la baronne de. Bouvier P. L. sc. 1817.

1149 **Steinberg** Joh.

*1150 **Steinheil** Georgius Albertus. 1659-1728. Weis sc. 1751. Seupel pinx.

*1151 **Stimmer** Jean Christophe. 1552-1674. Le Vilain sc.

*1152   —   Tobias. 1539-1582. æt. 43.

*1153 **Stockmeyer** Martin. 1791. Guérin C. sc.

*1154 **Stœber** Ehrenfried. Beyer J. D. (lith). Ohmacht stat. Engelmann G. lith.

*1155 **Stœsser** Gothofredus. 1668. æt. 33. Aubry Pet. fec. (bei Tscherwing).

1156 **Stuart** Marie. Grevedon H. lith. lith. Motte C.

*1157 **Sturm** Jacob. Beyer J. D. fec. Engelmann lith.

*1158   —   —   1553.

*1159 **Sturmius** Jacobus a Sturmeck.

*1160 **Sturm** Johannes. 1507-.

*1161   —   —

*1162   —   —   Stimmer T. sc.).

1163 **Suéde** Christine de.

1164 **Sully** Max. de Béthune, baron de Rosny, duc de. 1559-1641. chez Ménard
     et Desenne.

1165 **Suéde**. Bernadotte, roi de. Albrier lith. lith. Senefelder.

*1166 **Tabor** Joh. Otto æt. 50. 1654. Aubry P. sc.

*1167   —   —

*1168   —   —

*1169   —   Anna, filia. 1641-1682.

*1170 **Tarade** Jacobus de. Seupel J. A. del. et sc.

*1171 **Taufrer** Joh. 1584-1617. Heyden J. v. der

1172 **Titon** Maximilien. Drevet P. sc. 1690. Rigaud H. p.

1173 **Toscane**, Jeanne d'Autriche, grande duchesse de. Edelinck G. sc. Nattier
     J. M. del. Rubens p.

1714 **Tourreil** Jacques de. Edelinck N. sc. Benoit p.

1175 **Trippel** Alexander. Schulze sc. Clemens del. 1775.

1176 **Truchsess** (Agnes v. Mansfeld) Gebhardt v. Erzbischof v. Cöln.

1177 **Türckheim** Guillaume de. Schuler Ch. A. lith. 1831. Simon p. et f. lith.

1178 **Turenne** Henri de La Tour d'Auvergne, vicomte de. Schley J. v. der sc.
     Meissonier archit. fec.

1179   —   —   de La Tour d'Auvergne, vicomte de. 1611-75. Dupui P.
     sc. Champaigne p.

1180 **Turenne** Henri de la Tour d'Auvergne, vicomte de. Regnault T. C. sc. Staal G. del.

1181 **Turenne** Henri de. Anonyme.

1182 — — de. (Zwickau bei Schumann).

1183 — — de. Rivet sc. 1786. Sergent del.

1184 — — de, vicomte de la Tour d'Auvergne, Guérin C. lith. Weyler Jean p. émail (lith. Simon p. et f.).

1185 — — de. 1611-75. Marcenay de sc. 1767. Champagne p.

1186 — — de. Ethion A. sc. (chez Ménard et Desenne).

*1187 **Tussaud**, évêque d'Arath. Verelst E. sc. Lefèvre del.

*1188 **Unselt** Joh. Phil. æt. 65. 1737.

*1189 **Vaux** Thérèse, née à Colmar. 1727.

1190 **Velasquez** Diego, de Silva. 1594-1660. color.

1191 — — de Silva. Maugaisse lith. lith. Villain.

1192 **Vendôme** Louis Joseph, duc de. 1654-1712. Ridé sc. 1787. Sergent del. color.

1193 **Vermigli** Pierre Martyr. Rulmann del. lith. Motte C.

1194 — Pitaut sc. Werff Adr. v. der pinx.

1195 **Vesembeccius** Joh. æt. 64. Kilian L. fec.

*1196 **Vilart** Dr. Quenedey del. et sc. physion.

1197 **Villars** Louis Hector, duc de. Drevet P. sc. Rigaud H. p.

1198 **Villeneuve** dame Julie, Vence de St Vincent, petite-fille **de Mme de Sé**vigné (Dupin sc.).

1199 — — — Vence de St Vincent. Romanet A. sc. Berthelmy p.

1200 — Caterina.

1201 **Villette** M. de.

1202 **Vernet** Joseph. Maugaisse lith. 1823. lith. Villain.

1203 **Veronese** Paul. Maurin lith. lith. Villain.

1204 **Vinci** Leonardo da. 1445-1520.

1205 **Voltaire** Franç. Marie Arouet de. 1694-1778. Bonvoisin sc. Loitard del. chez Ménard et Desenne.

1206 **Vos** Gerhard Joh.

*1207 **Wencker** Jacob. 1633-1715 (Seupel J. A. sc.).

1208 **Wepfer** Joh. Conrad. Seiller J. G. sc. Schärer J. J. p.

1209 **Wiclef** Jean. Picart B. inv. 1713.

1210 **Wild** Johann v. Nornberg. 1613. æt. 28. Krieger D. sc.

1211 **Wilisch** Christian Friedrich. 1684-1759. Bernigeroth J. M sc. 1760.

1212 **Winckelmann** Joh. Bause J. F. 1776. Maron Ant. p. 1768.

1213 **Wolfius** Hieronymus. Haid J. J.

1214 **Wolffstein** Friedrich Wilhelm, Graf v. 1716-28. Spigel G. sc.

*1215 **Würtemberg** Friedrich dux. Heyden Jacob ab. fec.

*1216 **Würtz** Joh. Friedrich (Seupel J. A. sc.).

1217 **Zæmann** Georg. æt. 49.

1218 **Zanchius** Hieronymus.

*1219 **Zell** Mathias. 1477-1548.

*1220 — Mathias.

*1221 **Zentgraf** Joh. Joachim. 1643-1707 (Seupel J. A. sc.).

*1222 **Zix** Benjamin. Beyer J. D. fec. lith. Engelmann & Cie.

*1223 — Benjamin. ipse del. reproduct.

*1224 **Zorn de Plobsheim** Christina Renata. 1692-1716. Chéreau fec.

1225 **Portraits groupés.** Galerie militaire : Drouot, Poniatowski, Cambronne, Murat, Gourgaud. Carrière lith. 1835.

1226 **Portraits groupés.** Galerie militaire : Masséna, Davoust, Mortier, Bertrand, Victor. Carrière lith. 1835
1227 **Abbé X.** color.
1228 **Dame à mi-corps,** appuyée sur une harpe. Noel **L.** lith. Bouchot **M.** d'après.
1229 **Huit portraits** d'inconnus.
1230 **Env. cent soixante portraits:** célébrités françaises contemporaines, lithographiés d'après phot.

Sommaire — Inhalt.

N° 146

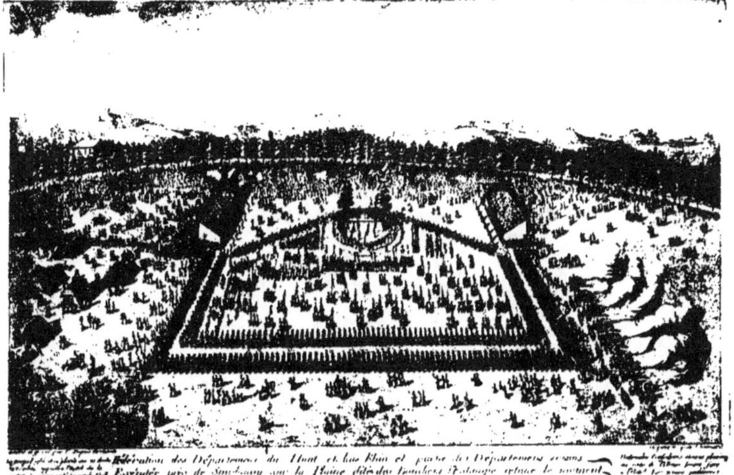

N° 292

N° 325

ARRIVÉE A STRASBOURG
DE S.M. CHARLES X, ROI DE FRANCE ET DE S.A.R. Mgr LE DAUPHIN;

No 297

No 214

LE REPENTIR TARDIF

N° 23

Pierre Mignard
Enquer. Premier Peintre du Roy, Directeur et Chancelier en
son Academie de Peinture et de Sculpture

N° 895

N° 1014

N° 783

N° 1019

N° 1059

REVUE ALSACIENNE ILLUSTRÉE

COURONNÉE PAR L'ACADÉMIE FRANÇAISE

Publication de luxe trimestrielle de format in-4°.

Cette revue, fondée en 1899, forme, chaque année, un volume de 250 pages, contenant environ 200 illustrations dans le texte et 15 à 20 planches hors texte (eaux-fortes, bois, lithographies etc.). Elle étudie la vie et les œuvres des Alsaciens illustres, l'histoire, l'ethnologie, la topographie, les monuments du pays, l'art populaire ancien et le mouvement artistique contemporain : en un mot, tout ce qui contribue à faire mieux connaître et aimer l'Alsace.

Chaque fascicule comprend, en outre, une « Chronique d'Alsace-Lorraine » : Des notices biographiques et nécrologiques y fixent le souvenir des personnages marquants ; les principales publications intéressant la province y sont analysées; enfin, une rubrique spéciale, illustrée de nombreuses gravures, enregistre les faits et documents utiles à retenir dans tous les domaines : littérature, beaux-arts, archéologie, histoire, folklore, politique, droit, économie politique, agriculture, commerce et industrie, statistique, etc.

Conditions de l'abonnement pour une année :

Strasbourg ℳ 12. — Alsace-Lorraine ℳ 14,60. — France et Étranger ℳ 15,20.

On s'abonne chez tous les libraires et aux bureaux de la Revue,
2, rue Brûlée, à Strasbourg.